カレル・チャペックの
新聞讃歌

カレル・チャペック
田才益夫 訳

青土社

カレル・チャペックの新聞讃歌　目次

巻頭言として　7
新聞讃歌　11
最近の叙事文学、または女中のための文学　33
チェコ語讃歌　57
民衆のユーモアについての二、三の覚え書き　67
シャーロック・ホームズ学、または探偵小説について　79
書評の代わりに、または大衆文学論　113

ペンによる試合の十二型、または文字による論争の手引き　123
小話の博物学によせて　133
訳注　153
訳者あとがき　167

KAREL

ČAPEK

NOVINY

巻頭言として

……私は新聞記者です。
私は自分のことをそう思っています。
その仕事を片手間にやっているつもりはありません。
私は文学に対するのと同様に真剣に取り組んでいます。

私がすべての作家に期待することは
みなが新聞記者の修業を積まれるようにということです。
それはすべてのことに興味をもつ習慣を身につけるためです。
文学についての私の危惧は
作家が自分の閉鎖的な世界にこもりきりになっているのではないかということです。
作家は自分が今、その一員として生きている世界のなかに生きるべきです。

新聞記者の本分もまた普遍性の探求に邁進することです。すべてのことを体験しなければならないしすべての世界に関心をもつことが必要です。世界のほんの一部のことだけでは駄目です。チェスタートン、ウェルズ、ショー彼らもまた新聞記者でした。

一九三一年

カレル・チャペック

新聞讃歌

私は新聞にあまりにも慣れ切っていますから、新聞を日々に起こる驚嘆すべき事象として受けとることがなくなってしまいました。たとえ前日にまったく何事も起こらなかったとしても、毎日、新聞が出るということはそれ自体すでに奇跡であります。しかし、この驚くべき事実は編集上の秘密です。したがって私は新聞について読者の立場から書くことにいたしました。

時には読者でさえもびっくりするような記事がちらっと目に入ることがあります。たとえば私の場合だと、ボーリンルイッグ[*1]だったか、いや、もしかしたらボーリンルイッグではなく、クライアンラーリッフだったかもしれません。それとも、タインドラムだったかな。ひょっとしたら、タインドラムでさえなかったかもしれません。どうもモーレイグだったような気もします。だって、あれは海に面したところでしたからね。私はもう何という新聞だったかも覚えていませんが、汽車のなかに新聞を買い込んできたのです。私は、いざ読もうと、肘を大きく張って新聞を広げました。ところが、いきなり私の目に飛び込んできたのは「チェスケー・ブジェヨヴィツェで五千匹の猫が姿を消した」という記事だったのです。[*2]

いいですか、人間誰しもイギリスのモーレイグで汽車に乗っていれば、たいがいのことには心の準備はできていようというもんです。ただねえ、チェスケー・ブジェヨヴィツェとか五千匹の猫となると話はまったくちがってきます。私はこの事件のショックを十分消化するためには、しばし瞑目せざるを得ませんでした。もし、新聞ではなしに何かのロマンでも開いていたのであれば、しばらくたつうちに、自分がどういう局面にあり、このあと起こりそうなことの見当くらいつくものです。でも、どんな小説家だって、五千匹の猫なんてファンタジックな話は絶対に考え出すことはできません。ましてやチェスケー・ブジェヨヴィツェなんて町なんぞ思いつくはずもありません。モーレイグでチェスケー・ブジェヨヴィツェに出会うなんて全く驚きでした。新聞のあるページの中にアリババと四十人の盗族を発見するよりも、マクドナルド氏[*3]と五千匹の猫を発見するほうが何となくファンタジックではありませんか。そんなショックを受けた人間がそれに加えて大西洋などを見ようものなら、存在するものすべて、つまり政治も猫も海も社会主義もチェスケー・ブジェヨヴィツェもが共存する不思議さに圧倒されたとしてもしかたのないことです。その結果、一瞬の驚くべき閃光のなかで、突如として世界の広大さと新聞の驚異性が彼にたいして啓示されるのです。

この猫の問題にこだわることをお許しください。だって私はちょっとした猫の権威なのです。

だから、ノッティングヒルとジェノヴァの猫、またはヴェニスとパリの猫について、あるいは子猫の教育について、また、いかにして猫たちの信頼を得るかについてなんていう問題についてなら、お話しようと思えばえんえんとお話しできます。

さて、みなさん方は新聞の中に猫が小鳥を捕まえたとか、三匹子供を産んだとかいう記事を見たことは一度もありませんよね。新聞の記事は常に、特殊な、異常な、しばしば、びっくりするような報道という形でみなさん方の目に止まります。

たとえば、怒った猫が郵便屋に噛みついたとか、ある学者が猫の血清を発見したとか、プリマスとかいうところでは九本の尻尾のある猫[*4]が生まれたとか、まあ、そういった類の記事です。同様に、ウエイターが誰かにビールのジョッキを運んだというようなことも新聞には載りません。載るとしたらウエイターが愛人を殺したとか、ウエイターのストライキが起こったといったことです。チェスケー・ブジェヨヴィツェの平和な生活は新聞には載りません。この威厳に満ちた町が何らかの刺激的かつ悲劇的薄明に照らし出されて世界にお目見えするためには猫殺しとか、せめて選挙とかいうのでないと駄目です。ですから、ある議員がコメントを発表したという記事を新聞で読むようなときには、怒った猫が郵便配達人に噛みついたとか、ウエイターが愛人を殺したとかいうのと同じくらい特別の劇的事件だと、私は読む前から思い込んでしまいます。

したがって私が言いたいのは、すでにチェスタートン[*5]をさえも不安にしたように、新聞の世界は例外的な事件、非日常的な出来事、そしてしばしば驚異と奇跡そのものから作られているということです。だから、もし新聞に家のことが書かれるとしたら、家が建っているということではなしに、焼けたとか、壊されたとか、少なくとも世界で一番大きいとか、とにかくこの世にあるあらゆる家の中でも飛び抜けて何かが普通とは違っているというのでなくてはなりません。

ウエイターは愛人を殺すような異常な性格である。出納係が保管すべき金を持って逃げる。その愛はレギオン橋からヴルタヴァ川に身を投ずるという悲劇的結末にいたる。自動車は記録樹立のための、衝突事故のための、子供または老婦人をはねるための機械であるとかです。新聞に載るものはすべて劇的かつ多少警告的な様相をもって現われます。毎日の朝刊とともに世界は無数の驚愕、危険、それに叙事的出来事のひそむ野性の国に生まれ変わるのです。

だからといって、新聞はトロイアが焼け落ちたとか、ヘロデ王は環境衛生の理由により五千人の幼児の抹殺を命じたというようなことを大見出しで伝えることはありません。三人の錠前職人がシュチェパーンスカー通りで流血の争いをしたと新聞で読むことはあるでしょうが、シーザーとゴール族との血なまぐさい戦争については伝えません。

問題は血なまぐさいとか焼けているとかだけでは不十分です。新しくなければなりません。

イマジネーションに訴えるだけでは駄目で、とくに、できるだけ今日的でなければなりません。新聞に、今日一九二四年十二月十四日はトロイアが焼け落ちてからちょうど三千年目に当たると書いて悪いわけではないでしょうが、もし、それが、まさに、そして完全に今日のことでなければ新聞としてはどうしようもないのです。

新聞の世界は野生動物の世界と同様に、現在においてのみ存在するのです。新聞の意識（ここで意識などということが言えるとしたら）は朝刊から夕刊に、あるいは夕刊から朝刊にいたるまでの範囲における純粋な現在に限定されています。もし、ある人が一週間前の古新聞を読むとしたら、きっとダリミル年代記[*6]を読んでいるような気がするでしょう。それはもはや新聞ではなく思い出です。

新聞の認識論的方法はあるがままのリアリズム、つまり、今、まさに在るものです。「現在なくして存在なし。故に、われら飲むべし」（エクストラー・プラエセンティアム・ノン・エスト・エクステンティア、エルゴー・ビバームス[*7]）。

思ってもみて下さい。もし新聞に、例えば、一年も前のペトロヴィツキー議員[*8]の発言が掲載されていたとしたらどうでしょう。もちろん「まさに一年前の今日」とか「この卓見は今日でも通用する」という注釈つきでなら掲載することも可能でしょう。いずれにせよそこに何らかの「今日」がなくてはなりません。さもないと、いたずらにびっくり仰天させたり、時間の桁

が狂っているんじゃないかと思わせたりすることになりかねません。

あるモラリストが（多分、ガンマ氏[9]だったと思いますが）、新聞は現実性（アクチュアリティ）よりは永遠性（エターナリティ）と恒久性（パーペチュアリティ）を提供すべきだろうと書いていました。これは明らかに一過性の問題よりも永遠的問題を優先させた意見です。そうなると、たとえば、チチェリン氏[10]の演説よりは現実的でないことにかけては文句なしの、キケロ[11]のプランキウス弁護のための演説を掲載すべきだということになります。議会の混乱《コンフューズ》した状況の代わりにコンフキウス[12]からの抜粋を、また、最近の殺人事件の代わりに、たとえばヘルチッキーの『信仰の網』[13]の一章を掲載することもできようというものです。正直のところ、私はこんな（天国ででも発行されていそうな）新聞を編集する気にはなりません。まさに今日の時点で、ヴェレース[14]に対する三つの弾劾演説の代わりにプランキウスに対する弁護演説を載せねばならないのか、また、まさに今日、永遠性の観点からプラトンの「パイドーン」[15]よりはコンフキウスが勝れているのか私は知りたくもありません。もし新聞に内閣の声明が載っているとしたら、それは私の魂のためにより重要で、ためになるからではなく、「山上の垂訓」[16]とは違ってそれが昨日あったことだからです。

ナポレオンの退位は喫茶店での毛皮の盗難よりは大事件であるのは確かですが、なんと言っても過去に起こったことです。同時代性というのは人びとにとって特別の、不思議な魅力を持つものであるというのは仕方のないことです。

仕立屋が我が家の一家七人をアイロンで殴り殺した現場である家を見るためなら、人びとは群衆の中をかき分けてでも急いで駆けて行きます。でも、七年戦争[*17]でシュヴェリン将軍をも含む何千人かは知りませんが大勢の人が死んだ戦場の跡であるシュチェルボホリを見ようと群衆の中を駆けていく人はありません。

人間の現在にたいする狂信的な関心は人生の謎の一つです。それはまた新聞の謎の一つでもあります。


新しくなければならない。だからといって、生のものでも、未知のものでもいけない。毎朝、新聞の中に開示される事件のジャングルは、踏み慣らされた、お馴染みの小道で満たされていなければなりません。

たとえばこうです——その男は救急病院へ運ばれた——住民は雷鳴のごとき速さで広がった情報に興奮した——厳粛な集会は何ものにも妨げられなかった——損害は深刻である。執政官に見張らせろ！（カヴェアント・コンスレース）[*18]。

こういった決まり文句はどれもそれなりの美的価値を持っています。それは新しいことの洪水のなかのある種の息抜きのようなものですし、読者も一緒に歌うことのできるリフレインです。これは既製の枠組みであり、その中には新しい出来事もスムーズに収まるばかりか、それによってきわめてうまく処理できるのです。ほとんどぎくしゃくすることもなく、異常なことも異常なことでなくなってしまいます。

少し前のこと、ある日私は電車の運転席の後ろのところに乗っていたのですが、突然、線路に何かが巻き込まれたのです。運転士はひどい悪態をつきながら、気が狂ったみたいに鈴を鳴らしました。電車は急停止し、みんなが運転席の後ろに飛んでいきました。いちはやく、線路のまわりには石畳の路面から生えだしたかのように人垣ができます。二人の警官が何か重い包みのようなものを電車の下から道路のほうに引っ張り出しました。真っ青な顔をした運転士は冷たい汗を拭きながら警官に何か言っています。それは恐ろしい、生ま生ましい混沌でしたが、やがてその混沌もゆっくりと、熱がひくようにほどけていきました。そんなこんなで、その日一日気分がすぐれませんでした。

ところが次の日の朝、私は新聞で「昨日、一時ごろナーロドニー大通りでプラハⅦ地区の会計士フランティシェク・Sが走行中の市電に巻き込まれた。軽傷を負っていたため救急病院へ運ばれ治療を受けた」という記事を読んだのです。つまり、これだけの話です。それでも私は実際に体験した拷問のようなカオスから救済され、この事件が幸いにしてきわめて単純なものであったことがいっぺんにわかったのです。このなかには熱に浮かされたような不安な要素は全くありません。彼は応急手当を受けた、それは正常化です。

もし世界創造の前にカオスがあったのだとしたら、それはひとえに、その当時、新聞がまだなかったからです。

「昨日もまた永遠の威厳ある行進は何ものにも邪魔されなかった。マニ通りで宇宙《コスモス》が創造されたという報道は、夕方には雷鳴のごとき速さで伝わった。幸いなことにこの報道は当紙の最終版でも確認されなかった。それにもかかわらず、われわれは、これまでのカオスに深刻な影響を及ぼしかねない不穏な行為について良識ある市民に注意をうながす。執政官に見張らせろ（カヴェアント・コンスレース）！」

そこで、総括すれば次のように言うことができるでしょう。文学は古い事件の永遠に新しい方法での表現であり、一方、それに対して新聞は常に新しい現実の恒常的な不変の方法による表現であると。


新聞は政治にでも巻き込まれない限り、個別的でしかも具体的な問題を語ります。詩人なら「誰もが愛するがごとくに、殺人をもなす」と述べるでしょう。その反対に新聞は「プラハ八九一地区においてウエイター、ヴァーツラフ・ザイーチェクは愛人であるテレジエ・ヴェセラー（二十七歳）を殺害した」と報告します。

詩人はユキノハナそのものについて歌うことができますが、新聞は決定的な、断定的な報告しか発言できません。つまりこうです。「昨日、三時十五分、ポドババ[19]において最初のユキノハナが開花した」そして「この情報は雷鳴のごとき速さでプラハ中に広まった」と。もちろん、新聞にだってときには文学や詩が少し載ることがあります。しかしそれは文学が新聞に特に合うからというのではなくて、新聞のなかにはすべてがあるからです。

それでも、新聞には何か文学と共通するものがあります。たとえば、科学的認識と違って文学も新聞も現実にはいささかも左右されないという事実です。私はあるとき、どんな奇妙な好奇心からかは知りませんが、イギリス人の記者に生まれ故郷のこととかその他のずいぶん昔のはなしなどをインタヴューされたことがあります。次の日、私は子供っぽい驚きをもってその新聞を読みました。それによると、私はオブジー山[20]の人里はなれた未開の地に、無教養の信仰深い山人の貧しい家庭に生まれた……とあるのです。

私はこれは事実に反すると、同じ新聞社の他の人物に弱々しく抗議しました。

「いいですか?」その人物は言いました。「多分、あなたがおっしゃることは本当でしょう。でも、こっちのほうが面白いじゃありませんか」

このとき以来、私は深い理解と喜びをもって新聞を読んでいます。そのなかに私はぞくぞくさせる記事を見つけます。たとえば外務大臣の声明とか、ロジュミタール[21]での金網の展覧会が開会したとの報告、あるいは国民劇場で新しいチェコ戯曲が上演されるというセンセーショナルな発表とかです。そこで私はすっかり魅了されながらも考えます。多分、全くこんなことはなかった。しかし、こうだったらもっと面白いのだがなと。

同時に、たとえ新聞は（出版の自由という基本的理由から）現実に依存しないとしても、フィクションの使用については極めて控え目であるという点は認識しておく必要があります。たとえば、先のイギリス人の記者にしても、私が羽の生えた種のような姿で松かさから生まれ落ちたのだとか、篭の中に寝かされてラベ川の滝を通って流れてきたのだと書いても構わなかったのです。でも、それにもかかわらず現実の修正は書かれた言葉を信じる一般読者の理解力を全面的に損なわない程度に止めたわけです。

新聞はなんでも書くことができるのですが、それには、読者が何の抵抗もなしに信じられるように、ごく当たり前の、一般的なものであるという前提に立ってのことなのです。新聞は現実から逸れることもできます。でも、その場合、読者がこんな馬鹿な話があってたまるかとか、新聞はおれを馬鹿にしてやがるとかいって叫び出さないように、やんわりと言わなければなりません。読者の安心や乏しい想像力という点への配慮の結果、新聞の現実からの逸脱は理論的に前提しうるよりもはるかに小さなものです。それどころか新聞はしばしば現実に――たとえそれが皮相で不正確なものであったとしても――しがみついています。それというのも、頭をひねって本当らしい事件を考え出すよりも、本当の事件をそのまま再現するほうが楽だからです。

新聞の匿名性ということがしばしば非難されますが、それは間違いだと思います。新聞を書いているのは多くの場合、新聞記者ではなく新聞なのです。それというのも、先にも紹介した新聞の慣用句なんてものは、本来、個人の所有物ではなく、全新聞人《ギルド》の所有物だからです。「この場所、汚すべからず」という看板がどこかにさがっているとしたら、その看板はこの普遍的思想にもとづいてその筆者がしたためたものなのです。そんなわけで、新聞もまた大部分が普遍的な文章、普遍的な意見、普遍的な慣用句から出来ていますから、警告の看板や役所の公式文書と同様に匿名であるわけです。もし、みなさんが社説の著者に文末に署名をするよう要求されたとしたら、この場合、社説そのものを書かないか、もっとよく書くように努めると答えるでしょう。

新聞における匿名は筆者が仮面をつけているというのではなく、もともと顔がないということなのです。無署名の人物であればこそ「集会は厳粛に進められた」と書くことができるのです。署名のある筆者であれば個人的被害を被ることになるとしても、正直のところを書かなければならなくなります。「集会はまれに見るほど退屈であった。私にかんする限り、むしろヴ

ィソチャニ[22]まで歩いたほうがよかったと思う。誰もがとっくに知っているものを見るのが人をこんなに楽しませるとは不思議と言う外はない」と。御覧のとおり、この署名をした人物はきわめて悪い記者です。自分の個性を殺してしか書くことのできない問題が、実は非常に多いものなのです。

新聞には誰も読まない記事、例えば社説のようなものがあります。さらに、一定の誰かしか読まないものもあります。例えば、国家経済に関するようなものです。それに、裁判記事のように誰もが読むものもあります。だからといって、誰も読まない記事を単純に新聞から締め出すのは間違いです。大衆は新聞の中に読まない記事を欲しがるものなのです。それはちょうど、自分の住む都市に自分は絶対に入ることのない建て物を欲しがるのと同じです。たとえば美術館がそうでしょう。要するに、新聞の中にはすべてがなくてはならないのです。詩もラトビアとの貿易統計も――。

だからといって、その記事は、もしかしたら読むかもしれない信じがたい何人かの人のためにそこに載っているのではありません。そうではなくて、単にそれがそこにあるというだけで満足し、飛び上がって喜ぶに違いない一万人の平均的かつ確実な読者があるからです。私にかんする限り、ハンカチ半ダースさえ満足に買えないのに、それでさえ毎朝、リヴァプールの綿の景気はどうだとか、ロンドンのストロングシーツはまた二重丸かなとかいって目を通します。そのくせ、ストロングシーツがいったい何のことやらわかってはいないのです。でも、世界と関係をもつという快い気分を味あわせてくれます。

私はスペインの問題についてはあまり関心がないのですが、知ろうと思えば、南チェコのカルダショヴァ・ジェチツェ*23の事情よりももっと多くのことがわかるということが満足なのです。私はメキシコに対して決して熱狂的関心をもっているわけではありませんが、新聞という手段を通して、壁を挟んだ隣の住人よりは、神秘的な国でも遠い国でもなくなりました。最も近い隣人の口論の原因は私にはまったくわかりませんが、メキシコの革命の原因についてならわかります。現代人のこのような状態は世界市民と呼ばれていますが、この世界市民は新聞を読むことから生まれたのです。

読者の喜びというのは奇妙なもので、新聞のなかに自分の知らない問題を発見したときよりは、むしろ、自分が知っているか、もしくはその現場にいて目撃したような事件を発見したときのほうが、むしろ強く意識されるものです。私の場合も、自分が目にしなかった火事についてはあまり関心をもちませんが、偶然通りかかって最初から最後まで見ていた火事の記事なら熱狂的な関心をもって読みます。だから、もし私の見た火事について新聞に何も出ていなかったら、私はなんとなく傷つけられたような、個人的に馬鹿にされたような気分を覚えるだろうと告白せざるをえません。これほどまでに放火魔的魔力によって私を引きつけている事件が新聞にとってなんの興味もないのだとしたら、私はそれを新聞の怠慢と見なすでしょう。新聞の読者は自分こそ、まさしく公衆だと考えています。そして「火事は大勢の見物人を引きつけた」と新聞に書かれていたら、それが見落とされていなかったと満足するのです。

チェスキー・クルムロフ[*24]では犬の放し飼いが禁止されたという記事を読んでも私は無関心です。単純に言って、私には関係がないからです。だって、私はこれまで一度もクルムロフに行ったことがないのですからね。ところが放し飼いの禁止令の発布がホジツェ[*25]だったら、それどころかグラスゴーだったにしても、私は大きな喜びと満足をもってその記事を読みますね。なぜって、私はその両方の町へ行ったことがあるからですよ。その結果、その報道のすべてにたいして一定の個人的かつ経験論的関係をもっているということになるからです。

文学とは違って新聞の最も魅力的なところは、どんな人にもどこかで個人的関係をもちうるような広い領域の情報を提供することができるということではないでしょうか。もし新聞にルカフスキー議員[*26]の発言が出ていたとしたら、私は快い興奮を覚えるでしょう。それというのも、先だって、えっと、あれはどこでだったか、まあ、そんなことはどうでもいい、私はこの目でルカフスキー議員を見たからです。

わたしがマラー・ストラナの年金生活者の老人の急死にいたく心を引かれるのは、私がマラー・ストラナに住んでいるからです。私がインジフーフ・フラデッツ市[*27]の財政赤字に興味を持つのは、私がインジフーフ・フラデッツに住んでいたことがあるからです。ズノイモ[*28]のヤン・ホルズバッハの破産の記事に同情の念を覚えるのも、個人的に何人かの別のホルズバッハを知っているからです、等々。

新聞は、たとえば恋愛詩などよりははるかに豊かに、読者の感情に訴えるものです。私はそれを恋愛詩の様式で語りたいくらいです。そうしたら、新聞は読者の琴線に強く訴えることになるでしょう。

本当は、いろんな国やいろんな政党、また、その他のいろんな新聞の違いについて検討すると大いに勉強になるのですが、そうなると、二つ折の大版で三冊の大著に挑むということになり、到底、私の力にも紙代にもおよびません。私は『タイムズ』紙や『チェルホフ通信』紙を同時に念頭に置きながら新聞全般について書いていますが、それだって結構厄介な課題なのです。ですから、少しばかり、かじりはじめたところで止めにします。

私は新聞が組み立てられているもの、そのすべてについて徹底的に論じなければならなかったのかもしれません。たとえば、社説は人間の生命力あふれる好奇心からほとばしり出てきたものではなく、説教好きとか、四角四面の説教に耳を傾けることのできる特別の能力から出てきたものであるということ。それとは反対に法廷レポートは、昔、何かの判定が下されるときには、部族全員が厳粛に火のまわりに座って見守っていた慣習の、ある種の代用物であり、毎日の新聞報道は、前の晩、隣人とディスカッションをしてから以後に起こった新しい問題について、彼との朝の議論をある程度代用している、等々。

新聞のいろんな種類のコラムはそれぞれに異なる、非常に古い起源を持っています。だから、社会学者が、この認識的、祭儀的、法律的、その他の、たとえば『ナーロドニー・ポリティカ』[*29]紙とか『レフォルマ』[*30]紙において見られるような、遠い昔からのモティーフのこのような結びつきの分析をこれまで誰も試みていないというのは驚くべきことであります。

新聞は人類の歴史と同じくらい古いものだと、私はつくづくおもいます。ヘロドトス[*31]は新聞記者でしたし、シェエラザードはまさに夕刊新聞の東洋的シンボルと言わざるをえません。古代人類は巨石記念物の建造によって記念すべき事件を記録したのかもしれません。それは巨大な、でも多大の労苦を要した文字でした。エジプト人たちは新聞をオベリスクや寺院の壁に刻みました。思ってもみて下さい。毎朝、ヴァーツラフ広場から六万ものオベリスクが運び出されていくのですよ。その一本一本の新聞は六十頭の牛で引っぱらなくてはならないのです。古代エジプトで新聞が大きな発行部数に達し得なかった理由は、多分、ここにあるのでしょう。

同様に、古代ギリシア、古代スカンジナヴィア、古代ケルト族などの放浪詩人、吟遊詩人たちは、それなりに一種のジャーナリストとみなすことができます。ホメロスが「イーリアス」を自ら吟じていたころは、その物語は比較的新しい事件でした。そして後に、それは昔話として繰り返されてきたのです。いずれの場合も今日の新聞に似ています。なぜなら、新聞は新しい話題を伝える役目を果たしているというのは半分しか本当でないからです。古いお馴染みの話題を伝える役目を果たしているというのも、それと同じくらい真実です。

昨日、エリオ氏[*32]が重要な談話を発表したというのはある種のニュースかもしれません。しかし、政府の首相がいつも談話をしているという事実はニュースではありません。昨日、カフェ・ユニオンで毛皮が盗まれたことはニュースですが、毛皮が盗まれるというのは古くからある事実ですし、穴居時代にすでに起こっているのです。新聞は世界で新しい事件が起こっていることを教えてくれますが、それらの事件はいつも、規則的に反復しながら起こっていることも教えています。新聞は人生の永遠の持続をあからさまにしているということです。

いわゆるガンマ氏の定義によれば、ほとんどすべての現実は本当は永遠不変である。もし、明日の新聞に、シナの軍隊がチューリッヒを包囲したという恐ろしいニュースが出ていたとしても、同じ新聞にオヴォッナー街で手押し車と電車が衝突したという小さなニュースも出ているでしょう。だから幸いにして世界は変わらなかったのです。夕刊が、たった今、世界は終末を迎えたと至急電を報じているとしても、マラー・ストラナ地区では公衆便所が不足。早急な対策が必要という記事も載せているはずです。そして、もし、新聞に国民劇場のテラスから最後の審判を告げるラッパがたったいま鳴り響いたと報道していたとしても、音楽や法廷担当記者の詳細な批評、報告記事により日常的問題に対する目配りも忘れないはずです。新聞の世界は常に新しい。しかし変わらない。

つまるところ、哲学的思考にとって新聞を読むということは、夕日や川の流れを見つめるのと同様に瞑想的行為です。新聞は自然現象の周期性と不変性を兼ね備えています。新聞は第六の権力国家であるよりは、むしろ第四番目の自然の帝国です。その法律を研究し、その従属、血族、同胞を定義することが、単に新聞を賛美しようと欲するだけのこの文の課題ではありません。だから、力尽きることがあってはなりません。なぜなら、賛美は最後の一滴まで汲み尽くされるべきではないからです。

(「ルミール」一九二五年二月十二日)

最近の叙事文学、　または女中のための文学

もう、夜中の二時だ。それなのに終わりまでまだ一〇〇ページもある。つまり、ファニーだかマリエだかが縞模様の羽布団のなかで読んでいるのです。

『いやよ』ベルタは恐ろしい声をあげて、気を失って倒れた」

または「そのとき悪漢はせせら笑い、悪魔の視線でアンジェラを刺した。『もう、逃げられはすまい』と息をもらして、哀れなみなし児に襲いかかった」

『ドゥ・ベルヴァル侯爵、私、誓います』セシリアは大きな声で言った。『私の秘密は決して漏らしはいたしません』」

「二人の唇は初めて純潔なキスで触れあった。『もしかしたら、これは夢かしら？』アンジェリカの口から大きな吐息が漏れた。彼女はその場にくずおれないために、よりかからなければならなかった。そのときドアが開き、部屋のなかへ……」

「『ここなる高貴の紳士は』善良な書記は深く感動して言った。『あなたさまの本当のお父上にございます、ドゥ・クレアン嬢。では、お話しいたしましょう。今を去ること二十年の昔、ちょうどあなたさまがお生まれなされる少し前のこと……』

——もう、夜中の三時。それなのにオイルランプはまだ消えない。マリエだかファニーは六時に起きなければならない。仕事をしなきゃ、奥さんは一日中、ぶつぶつ小言ばっかり。でも、マリエだかファニーはドゥ・クレアン嬢を祭壇まで案内しなきゃならないんですよ。「そして、ベルヴァル侯爵が一年後に世界一周旅行から帰ってきたとき、折よくも喜びの賜ものの赤児の名づけ親になるのに間に合ったのだった……」

ああ、よかった。すべては円満に解決。マリエだかファニーだかはやっと心安らかに眠ることができる。私だって安心して眠ることができます。私にだって気が沈み、悲しいときがあります。もう、自分も世間も信じられない。自分の不機嫌さを噛みしめ、頭のなかでだれが見ても気が重くなるような不気味なくもの巣を編んでいる。

そんなとき、うちの年をとったお手伝いさんがこんな状態の私を見て、表紙のとれた何か分厚い本をもってきてくれる。どこだか近所のうちから借りてきたのだ。そして、その本がすごくいい本で、こんなときに先生がぜひ読まれるといいのだがと言うのです。こんなことを言うのも、この手の文学についての私の知識がなんとなく完全でないことの理由を説明するためです。

普通、タイトル・ページはなくなっています。実際、私は本の題名も、作者もどれ一つとして知りません。言うならば、この場合、作者の名前にしても、下の中庭で奏している手回しオルガンの曲の題名と同じで、たいして重要ではないのです。手回しオルガンの美しさはこのような小説の美しさと同じで、非個人的、無名的、かつ普遍的に大衆的である。

今度、みなさんがすべてに絶望し、落胆し、意気消沈したときにはマリエやファニーの小説を手に取ってお読みなさい。夜中の二時まで読むのです。


まず、大切なことは「女中のための小説」と暦の付録の読み物とを区別する必要があります。暦の付録の読み物はリアリズムから、女性の手仕事をへて（なぜなら、それは何より女性の生産物だからです）生まれてきたものです。女中のための文学はロマン的情緒から直接生まれた子供です。ファニーだかマリエだかのロマンは結局のところ、騎士物語から生まれたものです。キリスト教より古い伝統を自慢できるのです。その起源は神話伝説の時代にまでさかのぼります。その始まりを童話のなかに見出すでしょう。

もうずっと以前から確められていたことですが、男性が大都市の下層社会の生活をもとにしたロマンを好んで読むのにたいして、女中は同じ読書を好むにしても王侯貴族の生活から題材をとったロマンを好んで読むものです。それは当然といえば当然のことで、だれもが未知の別の人生にロマンチックに魅了されるものです。それで男性は読書に夢中になりながら、社会のはみだしものである可能性を想像のなかで体験する。一方、女中は、同様に本質的可能性を侯爵夫人となることで体験しているのです。このような方法で、文学はこの世の社会的不平等の均衡を保っています。

しかしそうは言っても、このような社会論的説明ではまだ十分とは言えません。私が思うに、ファニーだかマリエだかのロマンの王侯貴族は騎士や王子や王様を主人公にした叙事的主題をもとにした変奏曲なのです。だからファニーだかマリエだかは彼女たちの縞模様の羽布団のなかで大英雄叙事詩の何千年の伝統に結びついているわけです。

なるほど、ファニーは錠前屋が好きですし、マリエは仕立屋を選びました。それにもかかわらず、彼女たちの心の底では太古以来の叙事的本能が脈打っているのです。英雄崇拝、名誉にたいする情熱、力と超人的なものへの尊敬です。この叙事詩の世界では富とか家柄は社会的不平等ではなく、むしろ非常に単純で、根源的な人間の理想化であり、賛美なのです。

マリエは彼女の仕立屋が、高貴な英雄的な行為をたくさん行なえないのを知っています。だって、単純に、そんな時間がないからです。彼女の知り合いのなかでだれ一人として悪魔的悪漢にさえなることができません。そんな暇はないのです。男爵の下からリアリズムや心理学や場合によっては社会問題の領域は始まるのです。しかし叙事詩の領域は男爵や銀行家や、または犯罪人の上にあるのです。ただし、遠い国を計算に入れなければですが。

この手のものを読む普通の人、マリエとかファニーとか、私やあなたも、生きるためにしなきゃならないことがたくさんあります。自分の行為で忙しがるよりも、自分の本職のほうで忙しいのです。だれかを殺しにとかだれかのために犠牲になりにちょっと出かけるというわけにはいきません。あえて言えば、そこには純粋に技術的性格の障害があります。マリエは料理をしなければならないし、私は書かねばなりません。それにみなさんだって、一日に六時間か八時間はやるべきことがあります。ところがドゥヴァル伯爵は「三億ルーブルの遺産を父親から受けついでいる」のです。その上、彼は——ほかの伯爵とはちがい——政治にも、砂糖の輸出にも、オランダ種の牛の飼育にも携わる必要がないのです。だから、かくいう彼は純粋に百パーセント叙事詩的対象なのです。彼はハンサムで強い。「フランスで最高の剣士」です。金はある。心は高潔。さて、彼になにができるか見てみましょう。

それにしても、この種のロマンの人物は（男であれ女であれ）通常、鼻の石膏モデルや洋裁店の籐製の人体ダミーが完璧であるのと同様の意味で全く完全無欠です。だから鼻は大きすぎもしないし、鼻翼が張ってもいない。そして精神のほうも異常さや、純粋に性格的という面は除かれています。

もし主人公が大きな鼻だと、それはロスタン的人物になってしまいますし、それだけでもう高尚な詩に属するということになってしまいます。もし、魚釣りに目がないとか、どもるとか、原生動物の研究に打ちこんでいるとか、フクシャの花とか浣腸液が好きだということになると、その瞬間、全く別の種類の文学に変わってしまい、もはや主人公についていくことはできなくなるでしょう。

この種の主人公が好きになっていいものがあるとしたら、それは狩猟であり、騎馬旅行です――御覧のとおり古い騎士的な技芸です。彼の顔は白いか、日焼けした顔です。彼ははげでもないし、顔の皮膚がたるんでもいない。いぼがあっても、きずがあっても、こぶがあってもだめです。せいぜい「苦痛を耐えぬいたことを示す深いしわが刻まれている」くらいです。

彼にはまったく欠陥がない。しかも、性格も蒸溜水のようです。彼は活発でもなければ陰気でもない。あわて者でもなければ、慎重居士でもない。移り気でもなければ、好奇心が強くもない。彼は非の打ちどころもない。何かに目がないということもないかわりに、これといった趣味もない。それに勇気と犠牲的精神と、愛とフェンシング、その他の騎士道的美点以外に何も秀でたところはない。ド・クレアン嬢やその他の女性にしても、同様に、魅力的であること、貞淑であること、慈悲と献身の天使であること以外の、他の性格はもっていない。

個性をもっている人は、何よりも自分の性格の運び手である。したがって物語の純粋な運び手にはなれない。たとえば、セシリエは悪漢たちから燃えさかる館のなかで刺され、縛られ、閉じこめられることが大事なのである。このような状況のなかでは、セシリエが貧血症だとか忘れっぽいとか、どう見てもありそうもないというようなことは、まったくどうでもいいのです。彼女の絶望的な状況は、これに似たような性格を加えられることによってひどくこんがらがってきます。

次の章でドアが開き、セシリエが彼女の暗殺者たちの謀議をめぐらしている部屋に入ってくるのを覚えているでしょう。人間がこんなことをするには大胆であるか、まったくそうでないかのどちらかです。セシリエはまったくそうではない。それは物語のためである。事件が複雑になればなるほど、人物は単純になります。状況が緊迫したものであるなら、セシリエは緊迫してはいけない。もし両方が一緒になったら、ドストエフスキーかスタンダール風の何か恐ろしいことが起こるでしょう。

一方、悪役のほうはこんな具合です。悪漢は最初から額に悪党の烙印を押されています。痩せていて、顔は羊皮紙のようにパサパサ、目は鋭く氷のよう。鼻はかぎ鼻。多くの場合、外形で見分けられます。声はいやな響き。悪女は目もくらむような金髪の美女。そしてとくに激情をあらわにした表情。悪者たちは全くの悪者である。

好色、吝嗇、虚言、残酷が結合して、人間の姿を装った悪魔の化身のようです。悪漢は悪行のほかに趣味はなく、悪以外のことには熱中しない。悪漢の実行手段は無制限で、まさに悪魔のようです。秘密のドア、地下道、落とし穴、毒薬、にせの手紙、官憲との結託、殺人のプロなどお手のもの、毒針であなたを殺すことだってできるのです。

世界中の何にでも変身することができます。いいですか、あなたが今、何者を相手にしているかも絶対にわからないんですよ。こんな悪の申し子なら、ひょっとしたら、あなたの奥さんにだって変装するかもしれません。ところがあなたは気づかない。まったく、悪の魔術師は野生の豚か黒い犬にだって変身することもできるのです。どうやらこの変装はなんとなく異教的な魔術や、シャーマニズムと関係ありそうだ。

同様に、ロマンの他の人物たちも善人か悪人です。召使いや御者、森番、代書人のなかにも素晴らしい、献身的な正義の味方がいます。この連中は文字通り正義のために身を切られるのです。そして、用心深さよりは非情な熱心さで事件に関与するために、しばしば短剣や飛び道具の犠牲になるのです。おまけに、悪漢側は正義側よりもずっと組織もできており、謀略にとみ、奇策を弄してきます。それにもかかわらず、最後には悪者どもは報いを受けて敗れるということは、正義はその本当に手のつけられないような頼りなさにもかかわらず、より高所からの奇跡的摂理によって守られていることを証明しています。

最後の審判に関するかぎり、きっと、神には悪人たちを裁くことができないと思います。なぜなら、神はあまりにも彼らのことを知っているからです。みなさんがもし、これ以上の悪党はいないと思うような悪党をつぶさに取り調べてごらんなさい。それほど恐ろしい悪党ではないことがわかるはずです。確かに、その悪党はうさんくさい奴ではあるが、そういう欠点、性格のゆがみ、苦痛、執着をもっているということ以外には、少なくとも地獄の悪の体系から切り離せない何かがあるように見えるという点で、彼も悪党なんだという程度です。以上のことから、心理学は善玉と悪玉というある種の明快な道徳的分類をだめにしてしまうと、私は言いたいのです。つまり、そのことは必ず善の損失にもとづいて、そして、悪人たちの報いのない成功という形で起こるのです。

だからこそ、マリエだかファニーだかのロマンは、善は要するに善であり、悪は悪だという古い道徳伝統を保っています。また、善なる秩序と悪なる秩序が絶対的な動かしがたいものとして存在しているという古い神話的伝統も引きついでいます。よい霊と悪い霊があり、天国と地獄も存在します。このような悪の首領はむしろ悪い霊か、悪の黒騎士に似ています。彼はまさに神話的に悪い。例えば、神話的に悪い昼の妖精とか、童話の魔法使いのように。彼は個性的人物としては登場せず、むしろ非個性的な原理として登場するのです。反対にアンジェリカやセシリエはシンデレラや善良な王子のように端的にとほうもなく正しいのです。正義《ツトノイス》にも二三の定義があります。なぜなら、正義は美しいから、美しいものもまた、正義なのです。

ここで、やっと、私たちは議論の結果に到達してひと息入れることができます。私たちは道徳的に堕落している心理学から遠く離れてしまいました。誘惑者は私たちを追ってここまでは来ません。「そうら、よおく見ていろ、人間を。今、おれがそいつのヴェールを剝いでやる。だって、いいかい、おれは『芸術』なんだからね」と誘惑者は言うでしょう。私なら、こう言いますね。私は人生だ。だから、君に共感と認識とをもってきてあげようと。——正義の味方と悪党とのこの世界では、半々とか両方とか、決定的原因も情状酌量の余地はないなどと私は言いません。事件の意図から罪と無実の永遠のモティーフがくるみの殻を割って実を取り出すように、すっきり選り分けられるなんてことも言うつもりはありません。

「無実」という言葉をきくと、反射的に「犯罪」と言ってしまいたくなります。なぜなら、その両者は絶対的な、予定された必然性をもって相互に不可分の関係にあるからです。物語の事件と道徳的理由から無実は犯罪と対置されています。無実は追跡され、火や剣や毒でおびやかされ、中傷され、牢につながれます。無実であることがどうしてこんなにまで恐ろしい危険にさらされなければならないのか理解に苦しむでしょう。

無実は同時に、まさに異常ともいえる不幸を背負っています。全くの信じやすさのために、読者でさえときにはこんな前代未聞な不注意さにいやになるくらい、無分別に罠《わな》にかかってしまいます。いったい、ラウル伯爵はどうしていつも忍びこんでくるのか、なぜ、彼はピストルをズボンのポケットにしのばせていないのか、せめて助けくらい呼べばいいのに。もし偶然に助けられなかったら、彼は間違いなく敗れていたでしょう。ところで、みなさんはどう思います？　偶然が彼に手助けをした。忠実なヤクブがひそかに後をつけていた。そして危機はまぬがれた。ところが三ページほど先では、アンジェリカがにせの手紙に誘い出されて、悪漢どもの手に落ちるのです。

男たちは強い。それは本当です。ただし、どこにでも潜りこんできます。原則として女性はあまり行動的ではありません。そして何か別の事情で悩んでいます。いつも何かしらの秘密をもち、絶対に人に漏らさない。たとえ、そうすることですべてをすごく単純に解決できるとしてもです。それがいいと思い、最も高貴な衝動によって行動する。しかし、もしセシリエがもっと早くラウル伯爵に悪漢は実はアンジェリカの父親なのだということを打ちあけていれば、結果的に、セシリエが気が狂ったり、ド・バル伯爵が半殺しになったりするような恐ろしい事件は起こらなかったのです。正義はほったらかしにしておくと、驚くほど実務的ではありません。現実の状況に対応すべく、身をひくくすることはないのです。

その反対に、犯罪はあらゆることを考えに入れますが、ただ、偶然だけは計算に入れていなかった。完全に合理的でシステマティックであるのに、予想できないものの奇跡的な介入には準備がなかったのです。第一、不幸な狂女が急に正気をとりもどして悪人に立ち向かってこようなどとだれに予想ができるのです？　忠実なヤクブが、うかつにもうち捨てられた紙の切れっぱしを見つけたのは、なんと幸運だったんでしょう！　なんと現実離れしたことか。最後には証拠の鎖の輪はわずかの切れ目もなくつながるのです！　善は勝った。しかし、世界の運行を支配するように見える、より高い力の助けがなしにでは決してない。偶然と奇跡と思いもかけぬ出会いが、狡知にたけ、高度に実務的な悪によってあやつられる悪意の結び目を断ち切るのです。罪は罰せられ、悪の主領は指輪に隠しもっていた毒を仰ぐ。そして少なくとも一組の結婚式が可愛らしい子供に伴われながら、回復した道徳的調和のなかで作品をしめくくるのです。

高級な文学になればなるほど、それだけロマンの結末は悪いというのは奇妙だが、確かな事実です。『罪と罰』は可愛い子供では終わらない。『ボヴァリー夫人』の終わりは結婚式ではありません。ストリンドベリは彼の文学のなかでぞっとするくらいに子供に恵まれません。そのほかにまだあります。ある秘密の法則があるのです。それによると、文学の質は幸福な結末と反比例の関係にあるということです。マリエだかファニーだかのロマンは無条件に幸福に終わっています。もし、このような純潔さが報いられなかったら、そしてこんな悪が断罪されなかったら、あまりにも恐ろしいことになります。でなければ、道徳的宇宙は破壊されてしまうでしょう。もし、龍が最後に退治され、魔女が罰せられなかったら、おとぎ話はおとぎ話ではなくなってしまいます。私にもわかりませんが、きっとおそろしく現実に似たものが出来あがってしまうでしょう。もし、最後にシンデレラが王子さまの妃にならなかったら、彼女の物語は人生の陰気な、ただのうつし絵になってしまうでしょう。例えば、マリエやファニーの人生のような。

そのとおり、それはそれでいいのです。純潔はアプリオリに肯定的であり、悪はアプリオリに他の証明なしに否定的です。悪から生ずるものはすべて否定によって予告されています。悪漢は愛することはできず、憎むことができるだけです。悪漢はほほえむことはできず、ただ悪魔のようにせせら笑うことができるだけです。悪漢は可愛い子供をもつことはできず、せいぜい失わせることができるだけです。たとえうまく勝利を収めたとしても、彼には幸せは与えられません。彼のために太陽は輝かず、花はかぐわしく咲きません。彼をとり囲むのは暗黒と夜と地下道と共謀者のささやき声だけです。全世界が二分されていて、片方の半分には明るく、美しく、清純なものがあり、他の半分には、黒く、寒々としたもの、恐ろしく、真夜中のものがあります。それは――究極的には――太古の異教的な、そして哲学的な、肯定否定の二元論であると思います。このようにして、最古の神話的伝統が（表紙もなく、表題のページもなしに）私たちのあいだに流通しているのです。ただ、それがあまりにもありふれていて、どこでも目にするものですから、それがまさか最古の伝統だと気がつかないだけなのです。

しかし、マリエだかファニーだかのロマンが道徳的かつ神話的作品だとは思わないでください。それは叙事詩なのです。その主題は戦いなのです。生死をかけた戦い、血、陰謀、追跡、格闘、敗北、それに勝利。しかし、なんといっても、人間が永久に興味をもち続けるもの、それは戦いです。それに愛です。それ以外のものは単に附随的なものです。心理学も平和主義も、性の問題も、社会問題も、その他のものはすべて過ぎ去っていきますが、愛と戦いだけは過ぎ去ってはいきません。私たちは党派の戦いを、主義主張の戦いを緊張して見守ります。マリエとファニーは、悪の主領対アンジェリカとラウルの戦いを緊張して見守ります。私たちは自分たち、あるいは全世界を祝福したいと願っています。マリエとファニーはアンジェリカを祝福したいと思っています。彼女たちは純潔を祝福したいのです。とりわけ愛を祝福したいのです。

さて、今度はなにを賞賛すればいいのでしょうか？　羊のように追いまわされ、いじめられた名誉ある不屈の清純さでしょうか？　それとも忠実で献身的な愛、大きな愛、貞節で高潔な愛、力強く変わることのない愛、一言で単純に言えば愛そのものでしょうか？　これは実は大きな理想です。しかし、ここには私が賞賛したい行為があるのです。なにか緊張した、複雑で、平凡ならざるもの、そして本質的なもの。叙事的で、血なまぐさく、びっくりするような恐ろしい行為、謎、計画、陰謀、偶然、恐ろしい状況、突然の訪問、死の危険を秘めた罠、奇跡的逆転、失われた手紙、隠し戸、公証人、愛、暴露、人里はなれた場所、決闘、にせの子供と誘拐など、謎がいっぱいの行為があります。それに、恐ろしい誓い。それから家族の秘密。さらに遺言状、投獄、逃亡、隠された財宝、秘密の戸棚、つけ髭、嘘の証言、その他興奮させずにはおかないすごいことなど、とても全部は数えきれません。そう、まだあります。火災、秘密の結婚、毒（白い粉の）入りぶどう酒のコップ、夜襲、それに偽造された手紙、それに短剣の傷。そして合鍵と聖堂地下室。

　スリルは低級な、非文学的な特性です。そのことで論争するつもりはありません。しかしスリルは非常に古くからあった性質だと私は思います。エジプトのヨゼフの物語〔旧約・創世記三七章以後参照〕はいつだったか非常にスリリングだったと思いました。『薔薇物語』〔十三世紀、フランスの物語詩〕だってある意味ではスリルがあります。イーリアスのある箇所は三文小説だし、オデュッセイアはカール・マイ〔一八二四―一九一二、ドイツの冒険小説作家〕の先駆者です。『千夜一夜物語』にしてもが、確かにマリエやファニーのロマンの文学的ルーツであることに間違いありません。さらに私はアレクサンドレイダやベーオウルフや民族詩人、吟遊詩人《バルド》、黄金伝説、ローランの歌などを挙げることができるし、民族童話に触れなくとも、その他の多くの作品があります。

それ以外の文学的源泉はロマン主義と新聞の法廷記事です。ごらんのとおり、伝統とは文学の場合、世界と同じくらい広く、人類と同じくらい古いのです。

私は今度は『叙事詩の没落または物語の衰亡』について論文を書きたいと思います。マリエのロマンはもはや事件〈物語〉が逃げこむほとんど唯一の避難場所です。物語は文学から追い出され、ロマン的人物の驚くべき死亡率によって層が薄くなり、文明の進歩と森林の伐採により、また、民主主義、エロティシズムと心理学の成長によって痩せ細り、生活からは警察によって、詩からは批評家によって閉めだされ、インディアンのように古代的で、根を抜かれ、社会からは白眼視され、無意識のなかに押し込められ、その先祖の信仰をも取り除かれてしまいました。でもまだ小さな場所が残っています――それもすでに内緒の場所――それはマリエのベッドのなか、そしてオールドミスの机の上、さらに子供たちのお供。それから、軽い読み物を許された病人のベッドに近づくことも許されています。それにまた新聞のなかでは、街頭での殺傷沙汰や銀行の横領の間の屈辱的な場所が与えられています。しかし、それでも事件〈物語〉はなくならないと思っています。それを探偵小説が引き受けました。映画が使い始めました。私たちは大きな叙事詩のルネサンスの時期にさしかかっていると言ってもいいでしょう。なぜなら、事件は魔法や空想や人類と同じく古く、不滅だからです。

叙事詩性の没落が私たちの生活にどんな影響を及ぼすかをもっと考えてみましょう。叙事性は唯一の対立命題をもっています。抒情主義でもなければ機械化でもありません。例えば、電車のなかでは、あなたは全く自動的に移動します。しかし、もしあるかもしれない電車の衝突を考えるとしたら、また英雄的沈着と犠牲的行為を考えてみたらどうでしょう。あなたは同時に次のような可能性について想像を発展させるでしょう。運転手は発狂し、あなたはすごい争いの後に勝って、彼の操作レバーを奪う。またはこういう展開もあります。あなたの電車はムーステクでロのあたりをマスクでかくした強盗に襲われます。あなたは杖と家の鍵で連中をおっぱらおうとします。

さて、この場合、あなたは『バイヤルドのロランド』のように電車で叙事的に進んでいます。普通なら初恋というのはエロティックであるよりは叙事的です。私なら他のなぐさめよりも、むしろ誘拐を連想します。だれかを愛することは、そのだれかを燃える家のなかから助け出すことを夢見ることとです。大部分は間もなく結婚にたどりつきます。それはただ現実の事件にこと欠くからです。人間の最も根源的な本能は叙事的です。私は自己保存や繁殖を考えるまえに英雄的行為を考えます。少年が最初に手にする文学は英雄的文学です。そして私たち大人はときどき内緒で（密かにではあるが大いなる楽しみをもって）三文小説や探偵小説を読むのです。抑圧された本能はジークムント・フロイトが主張するように、好ましからぬ結果をもたらします。つまり精神的ショック（トラウマ）や悪夢や倒錯をもたらします。政治的ファナティズムは禁じられた叙事性の作用による精神的障害かもしれません。たぶん、群衆の政治的精神は倒錯した英雄的群衆心理かもしれません。新聞を読むことは英雄叙事詩の病理学的代償行為だというのは本当かもしれません。

ただ、三文小説だけが純粋な酒をいまだに注いでいるのです。私は純粋な血と言いたいと思います。ここでは愛はまだ性的機能を果たしていません。果たしているとしたら、むしろ英雄的機能です。ここでは善の剣と悪の剣が刃を交わします。ここでは戦いがあり、行動がありますす。ここで人間は殺されますが、検死解剖はされません。ここでは殺人が横行しますが精神分析はされません。ここでは私たちは昔のままの損なわれていない世界にいます。ここでは行動は必要から、または状況から噴出してきます。ある種の、社会学的な遺伝学的な因果関係からは出てきません。すべては最初から終わりまであからさまで変わりようがないのです。ただ事件そのもの、純粋な事件、絶対的な出来事、単純明快な行為のみが血もしたたるような赤い糸を一二六〇なんページかのあいだ引っ張っていくのです。

どんな事件もどうしようもなくファンタジックであることがたしかに認められます。なるほど人生においてさえも、相当のファンタジーがなくてはどんな事件もありえません。現実のどんな冒険もファンタジーのショックで現実生活のなかに起こるのです。ある種の人びとは「ファンタジー」という言葉を哀れみのアクセントを付けてしか言うことができません。そういう人たちはこの言葉を六位か七位くらいのところまではもってくることができますが、たった一つの冒険にまでもってくることはできません。

だが、君たち「事件」は人間の心、マリエだかファニーの心を解放し、物質と習慣の束縛から解き放す。内在的可能性の換気口の窓を開け、人生が特別の手違いで与えるのを忘れていたものを提供する。なぜなら、マリエやファニーは本来、大きなことに運命づけられていたのだから。例えば、愛や清純に、追跡と英雄的行為に、誘拐と危険に。彼女たちはこのことならなんでもよく理解できる。きっとイプセンのノラの問題とか超人間の理想などよりははっきり理解できる。それは単純に言って、彼女たちのなかにあるからだ。それどころか、料理をしたり、小説を読んだりする能力よりはるかに彼女たち本来のものかもしれない。

ああ、すごく心配だわ。ああ、じれったい。「いったいどうなるの!」ああ、気があせる。読者を最後の大団円にむかって真っすぐ一ページ一ページ、追いたてる! 恐ろしい事件の突発でどんどん前へ飛んでいく時間よ! たった今、アンジェリカは地下の小房に投げ込まれた。その一方でラウルは誤認された殺人のかどで投獄される。「これからどうなる?」

どんなのでもいいから何かロマンを思い出してください。でも、よい三文小説は、まずく書かれていなければなりません。文章は短い段落で書かれているべきです。つまり、階段をかけおりるように、目が階段ごとに飛んでいけるように。長い段落でまごまごしている暇はないのです。うまく構成された文章を味わったり、甘い場面で立ちどまったりする暇もありません。次、すぐに次！　たとえ読者のいわゆるかかとの後ろで文章が一瞬のうちに崩れようとも、読者がそこを読みおえたとたん、対話や状況が無意味になってしまおうとも、急げ急げ！　ごつごつした文章よ、おまえはただ私らが飛び越えるためにのみあるのだ。恋人たちの会話よ、おまえは浅くあれ。わたしがかけ足で渡り、駆け抜けられるためだ。タキトゥスがスリリングだったら、恐ろしいだろう。もしニーチェが三文小説を書いたら、私は気が狂うだろう。ただ、速く、先へ！　読者が飛び跳ねる広いひろがりが必要である。ジャンプに適した、細かなもののないひろがり、魅力のない幅の広さ、ページ、それに紙。私は一二〇八ページを二時間五十分で読みました。これは私の生涯のスピード最高記録です。ヴォフラリークだかアルヌ・ボルク氏だったか試してみるといい。残念ながらこの注目すべき本のタイトルは引き裂かれていました。

今、私は、私が取りあげた主題について十分論を尽くしきれていないのがわかっています。私の眼前には無限の展望が続いています。この方向を行けば歴史小説に行きつくでしょう。あっちの方向では犯罪小説に。未知の、未探検の現実はものすごく広大です。科学はダニの研究や、それから、例えば、血液の研究にたいしては多くのことをしましたが、三文小説の研究に関しては何もしていません。女中の社会問題についてはいろんな文献があります。しかし女中のためのロマンの道徳的、全人類的問題については、たぶん、だれも手をつけていません。最後に私は最初に言うべきであったことを申します。それは私の手には及ばないということです。私はいろいろと手探りをしてきました。私は測鉛線を投げて、引き上げたのは砂の塊でした。私はそれにすでに知られている鉱物の名称を当てはめるように努めました。それ以上深く探索するのは私の力に余ります。

私には過去の何かについて文学的に……書くことさえ自信がないのです。

（「現代」一九二四年二月二十八日）

チェコ語讃歌

民族をだれがどのように定義したか私は知りません。

たぶん人種によって定義したのでしょう。でも、通りを急ぎながらチェコ語を話している人びとを見ると、短頭型の男も長頭型の男もいます。また明らかにバルカン型、明らかに地中海型。髪は黒、金髪、赤毛。直毛にウェーヴの毛。胸や腹、筋肉、頭、その他のすべての骨格の型、あなたのお望み次第でどんな男でも見ることができます。

いや、そんなことをしても何にもなりません。マチエグカ教授は民族的指標と人種的特徴をもったある種のチェコ民族的頭蓋骨を発見しましたが、それよりはむしろラードル教授がある種のチェコ民族の使命を発見したことのほうがまだましです。私は民族的確信において、完璧な金髪の長頭型人間と優劣を争っている蒙古型の頑固なチェコ人を知っています。だれの人種的証明がよりチェコ的かということをあえて言う気にはなりません。もしかしたら、わが家の母の大祖母はドイツ人だったかもしれません。その一方、あるチェコの詩人は、彼の先祖のお婆さんは三十年戦争のときのあるスウェーデン人とのことを忘れていたと考えています。このような事情を考えると、人種的チェコ・タイプについて語ることは非常にむずかしいようです。より易しいのは、共通の歴史によって民族を規定することです。それでも私にはこのモティーフは実際的にたいした意味をなさないと思えます。たとえば、うちの窓ガラスを入れてくれるチェコの隣人と私を結びつけるのは祝福に満ちたカレル四世の治世ではありません。外国で同国人に会ったときのよろこびは、私が判断するかぎりは、反革命時代の歴史的苦難から生じてくるものではありません。ましてや、私の行きつけの政治談義の好きな紙屋さんと連帯感を覚えさせるものは、フス戦争なんかじゃありません。民族の歴史の財宝にいちゃもんをつけようというのではありません。このように大きな価値は小さな価値に変換できないということを言いたいだけです。それはむしろ象徴的で、それが役に立たせられるのは、お祭りのときとか、場合によっては、大学での討論のときくらいでしょう。

現代における共通の運命によっても一つの民族の所属者を限定することはできません。だって失業労働者と大銀行の頭取とでは、彼らの個人的運命のなかに共通するものについて、見解を共にすることさえ容易ではありません。ラードル教授は理想的な価値に注意を向けながら、共通の精神的目的ないしは民族的プログラムによって民族を定義したいかのように見えます。この場合、私はラードル教授とは同じ民族ではないのではないかと恐れます。それとも逆に、いかなる種類の禁欲主義者でも、明らかに民族の大多数の人と異なる世界観の持ち主であるから、この民族には属さないなんてことを言う勇気はとても私にはありません。そうなるともはや共通のチェコ的性格なんてものについて言うことさえできなくなってしまいます。ハトの性格についての優しい意見が有効性を失ったときから、いったい私たちは何者であるかという点にかんして意見の一致を見なくなってしまいました。最後には、領土的統一性によってさえも――アメリカのチェコ人のことを考えてみても――民族を定義できないでしょう。

こうなると、集計用紙の賢明さで言うしかないでしょう、チェコ民族とはチェコ語を母国語とする民衆の全体であると。たとえこの原始的な定義がすべての場合について言いえていないにしても（私は、ドイツ語で語り、考え、詩作までする過去の時代の貴族を知っていました。それでも、この貴族が最高に熱烈な、愛国的な、反ドイツ的なチェコ人であることの妨げにはなりませんでした）、民族の神秘的な本質を定義するのに、言葉ほど具体的で普遍的なものは他に見つけることはできないでしょう。

そこで、チェコ的精神を世界中の他のすべての精神と区別するチェコ語の讃歌を歌うことができるようになるために、何もかもお話ししましょう。私たちは自分の兄弟に「ラーフ」〔マタイ伝五―22参照〕と言わずに「おばかさん《ブラーゼン》」と言います。たとえお互いに悪口を言いあうとしても、同じ言葉で言いあいます。それだけで、もう私たちのあいだには深い理解があり、それはつよくて魔法のような絆ですし、ひとつの魂といったようなものなのです。私たちみんなの意識は同じ言葉で考えます。それはみんなの石頭のなかにひとつの意識があるみたいなものです。

たとえば「スニェジェンカ」［ゆきのはな］か「ドブリーデン」［こんにちわ］と言ってみたらどうでしょう。ほかの人はだれも理解しませんが、私たちはまるで悪だくみの仲間どうしであるみたいにウインクをしあいます。そしてもしその言葉が、たとえば「くず」とか「へなちょこ」と言った取るに足らない、つまらない言葉であったとしても、なん百万の人間の意識の一片であり、したがってひとことでは言い表わせない何か途方もないものと思われるでしょう。

言葉は唯一無二、正真正銘の民族精神の顕現です。宗教、習慣、民族的使命、あらゆる関係は革命によって転覆されます。言語においてのみは革命はありません。反対に、永遠の持続があり、永遠の受け渡しがあり、創造的自然のなかにあるように静かな、深い発展があります。言葉は民族の一貫性そのものです。人工的に作り変えることはできません。不自然な干渉をすることもできません。抹殺することはできるでしょうが、転向させることはできません。言語は自然のもののようにデリケートで有機的な存在なのです。どんな言葉のなかにでも何千年の過去が滲みこんでいるのです。だから私たちがチェコ語を話すとき、私たちはなにかすごく古く、しかも歴史的な何かをつくっているのです。それでも、私たちのだれもがあらたに独創的に、ひとつひとつの言葉を見つけなければなりません。母国語は子供の言葉、精神の最初の言葉です。最初の冒険の宝物です。発見と認識です。もし母国語を話すとしたら、みんなは永遠に自分の子供時代に結びついているのです。

言葉は民族の精神と文化そのものです。その響きと旋律は種族の詩的よろこびにかんする証拠を提供してくれます。ことばの構造と純粋性は思考の秘密の法則をあらわしています。言葉の正確さと論理性は民族の知性的天分の程度を示しています。言葉がきしんだり、がさがさしているところでは、そのことばを話す人たちの存在の深みのなかで何かがぎしぎし、がさがさしているのです。言葉の味気なさや内容のなさ、きまり文句や陳腐な言いまわしは、そのどのひとつをとっても集団生活のなかのなんらかの病気の徴候なのです。思想は私たち個人のものですが、言葉は民族に属しています。言葉のどんな腐敗も民族の意識を腐らせます。民族が完璧になるためには、言葉も完璧にならなくてはなりません。なぜなら、言葉は生きています。そして私たちとともに成長しているのです。民族の精神的な緊張感の高さによって引き上げられるのです。

ですから、私はあらゆる人間の活動以上に文学を評価するのです。作家が扱う素材は民族の意識そのものです。彼の言葉のどれも民族の口によって以前、彼に言われたものなのです。下

DRAMA

劣なことを言うためにに言葉を悪用するとしたらみじめです。作家であることはなによりも大きな言語的使命をもっているのだと私は信じます。それは民族の言語を保持すること、その言葉のなかに歌とリズムの価値と具体的正確さ、純粋さ、形式と整合性の価値とを創造するという使命です。たとえ詩情の根がだれかの個人的な潜在意識の深みのなかに根差していようとも、その木のこずえには民族の意識の意味的豊かさが葉ずれの音をたてているのです。

あらゆる人びとのなかで作家は書くということによってではなく、むしろチェコ語ができるということによって特徴づけられる、または特徴づけられるべきです。しかし、できるということが意味するのは働くこと、つねに試みること、つねに探求し集中することです。母国語にかんして完成するということは絶対にないでしょう。

詩人は言語の最高水準を記録しながら、同時に民族の意識の最高水準を記録するのです。言っておきますが、この作品は国家経済や国防問題よりも有効性がなくはないのです。聖者は神のなかに生きているといわれます。ふつう聖人ではない作家は直接民族の精神のなかに生きています。なぜなら、魚が水のなかに生きるように、作家は民族の言葉のなかに生きるからです。詩人が非民族的でありうるなんて、私には想像もできません。それは自分を支え、生かしてくれる水にたいして決定的な拒否を表明しているようなものだからです。

あなたが言葉にしているものはすべて、民族の意識に託して言い表わしているのです。もし歌うような快い言葉を発するとしたら、あるいはその歌の言葉を鈴の音にするか大砲の音にするか、または、はっきりした、賢い、柔軟で、具体的で、軽妙で、論理的で想像力ゆたかな言葉にするとしたら、これらの美点を民族の精神そのもののなかに注入することになるのです。しかし、あなたの話が重く、混乱していて、あいまいで、もってまわったような言いまわしや、うそで固められていたら、悪魔に食われろです。だってあなたは民族の精神的存在にまちがったことをしたのですからね。

作家は民族の語り、うたう精神とともに仕事をしているのです。実際的な言葉から精神的かつ文化的価値をつくっているのです。どんな新しい言葉の言いまわし、言葉の内容や正確さのどんな高度な段階もが、民族的意識の内容や明晰さを高めるのです。私は言葉の創造者でないようなよい作家を知りません。完璧な言葉なしによい文学はありません。言葉に第一級の新鮮さあるいは音楽的価値、思想的純粋さあるいは客観的具体性を与えられないひとは作家ではありません。むこうで、見出しでも書かせましょう。さもないと、ほかの方法で民族を汚しかねません。

それに、チェコ語よ、おまえを、私はまだほめなくてはならない。おまえはあらゆる言葉のなかでもっともむずかしい。あらゆる意味やニュアンスによってもっともゆたかな言葉。私が知っているか、話すのを聞いたことのあるすべての言葉のなかで、もっとも完璧、もっとも繊細、もっとも優美な装飾性にとんだ言葉だ。私はおまえが表現できるものをすべて書ければいいのにと思う。

私は一度だけでいい、おまえのなかにある美しい、はっきりした、いきいきとした言葉のすべてを使ってみたい。おまえは一度も私の期待を裏切らなかった。失敗をしているのは私のほうだ。私の頑な頭からは、あらゆることを正確に表現するに足るだけの、じゅうぶんな意識も、じゅうぶんな飛躍も、じゅうぶんな認識も出てこないのだ。

私がおまえを完全に知るには百回も人生をくりかえさなければなるまい。今までのところ、だれもおまえのすべてを見渡してはいない。おまえはまだわれわれのまえに秘密の、わきたつ、遠い展望にみちた、擡頭しつつある民族の未来の意識である。

(「LN」一九二七年三月二十日)

民衆のユーモアについての二、三の覚え書き

ユーモアは——この問題について私は別のところで詳しく論証いたしましたが——とりわけ男性の関心事項であること、そして、男性は女性よりも気晴らし、冗談、悪ふざけ、いたずら、ばか騒ぎ、ナンセンスといった滑稽な行為に喜んで身を挺するものだということも、ここで改めて断言しておきましょう。もし、それを確かめたいというお考えなら、文学において女流ユーモリストがいかに少数であるか、また、英雄叙事詩、探偵小説、ユーモア文学、あるいは悲劇といった幾つかのジャンルにおける第一人者の地位は常に男性の作家が占めていることを、どうかご自分でご確認ください。

私がここに提示したいと思う第二の解釈は、ユーモアは本質的に大衆的性格のものであるということです。たとえば、ラーエルテースもフォーチンブラスもクローディアス王も、かの有名な『ハムレット』のなかの二人の墓掘り人ほどにはユーモアのセンスを発揮してはいません。このことは、シェイクスピアが墓掘りをとくに滑稽な人間と見立てたからではなく、墓掘り人のほうが騎士や国王たちよりもむしろ多くジョークを飛ばすことを知っていたからか、あるいは、もっと普遍的に言うなら、富裕な人間よりも貧しい人間のほうが素直に冗談を楽しむという、きわめてリアルな事実を意識していたからだと言えます。だからと言って貧困が、貧困のなかにある人びとにとって無条件に笑いを誘う、滑稽で、活気に満ちた状態であるとは言えないでしょうし、同様に、貧困や失業、社会的抑圧が貧しい人びとに活気と不屈の陽気さを与えるとも考えられません。

ここで私の言う貧困とは、もちろん相対的な意味でです。それは健全な二本の腕と、夕食にせめて腸詰めを挟んだ一切れのパンをもてる人びとの屈託のなさです。賭けてもいいですよ、三人の煉瓦工は十四人の大臣たちよりも、もっと多くのジョークを楽しんでいます。二人の運転手が顔を合せると、二人の銀行の頭取よりもなにかおもしろいことを言いあいます。郵便配達人は郵便局や電報局の局長よりも、ずっと道化者です。プラハ市長は部下の職員のように、なにかにつけて冗談を言うというセンスをもっていません。

人間はなにか「長」のつく人間になると、とたんになんとなく重苦しい威厳とやらを備えてくるものなのです。偉い人はいつの間にか楽しむことを止め、庶民は自分たちだけで勝手に楽しむ。偉い人はときには小話を語ることもあるが、民衆はそれを行動によって実践するといった具合です。

俗語が民衆の言葉であるように、ユーモアは何といっても民衆の表現です。ですから、ユーモア自体が多少なりとも民衆的通俗性をもっています。ジョークを飛ばすのは、以上のような意味で社会的に低い階層の人びとの特権であるというのは、大昔から続いてきた無視することのできない現象です。

ローマ喜劇をはじめ、道化者として登場してくるのは常に貧しい人、プロレタリア、民衆の代表などです。主人は愚かですが、召使いのほうにはユーモアがあります。ティル・オイレンシュピーゲル[*1]は大衆の一人ですし、シュベイク[*2]は兵卒です。歴史の大きな地を揺るがすような哄笑は、底辺からわき上がってくるように思われます。笑いは本質的に民主的です。ユーモアは民衆の営みのなかの最も民主的なものです。

しかし、まだ説明のつかないことがあります。主人たちよりも貧しい人びとのほうがかえって容易に、むしろ喜んで冗談を言うのはなぜでしょう。問題なのはオイレンシュピーゲルがなぜ冗談を言うかではなく、トンネル掘りの人夫たちでさえ冗談を飛ばし合っているというのに、たとえば政府の役人たちは、どうしてあんな深刻な、ほとんど苦痛に耐えているといわんばかりの顔をして仕事をしているのかということです。

その点で多少とも言えるとしたら、肉体労働は書類を処理したり、学校で子供たちが試験を受けるときほど頭を使わないということです。労働者は馬車馬のように働き、体をかぎのように折り曲げ、くたくたに疲れ、犬のように喉の渇きを覚えますが、頭は冴え、頭脳もこわ張らず、舌もむだな話でくたびれたりしていません。あえて申し上げるなら、知的には十分エネルギーをたくわえているのです。仕事のときは十分沈黙を守っていますから、舌をゆるめさえすれば言葉になり、気分が楽になって、にぎやかな声となって鳴りだすのです。

あそこの仲間になにを話すか準備の時間は十分あるわけですから、彼らが冗談を言うのも理解できます。電車の運転士は一つ前の駅から、転轍手《てんてつしゅ》のじいさんになにを言うかもう決めています。それに仕事が終わればもう苦労することはないのですから、気も浮き浮きして、いとしいマリアンナのこととか、うちの古女房のこととかを種に軽口の一つも言ってみたくもなろうというもんです。

奇妙なことに、ほとんどの場合、ジョークの大部分は叫びの中から生まれるとも言えます。たとえば仕立て屋は、たぶん、静かに話しますから、その結果、重苦しくなるでしょう。しかし、足場の上の煉瓦積み職人は煉瓦の中継ぎ人に叫ばなくてはなりません。それも簡潔で効果的な言葉をです。騒々しい仕事であればあるほど、ピリッとしたユーモアがなくてはだめです。もし誰かが叫ばなければならないとしたら、言葉の選択にはすぐに物理的影響が現われ、強い、アクセントの利いた、なんとなく陽気な言葉を選ぶにちがいありません。騒音のなかで生まれた言葉は必要に応じた生命力をもっていました。仕事が男性のものであるように、ユーモアも男性のものです。騒々しさも遊びもタバコも飲酒も、もう、そう聞いただけで男性的だし、まさにお似合いだという感じがします。

しかし、これらの民衆の道化者たちは自分では笑いません。冗談は飛ばしますが、女性たちのように大声を出してキャッキャッとかゲラゲラとかいった笑い方はしません。まじめな顔で自分たちのジョークを楽しみます。すぐに笑うのは女性化した男です。男ならインディアンが拷問に耐えるように、眉ひとつ動かさずに自分のジョークに耐えるはずです。それが民衆のユーモアのエチケットですし、あえて言うなら男たるものの威厳です。

でも、仕事場とか酒場はどちらかというとユーモアを言うための単なる機会であって、その原因ではありません。私は「持たざるものに幸いあれ」という大衆歌のなかに述べられている理論の肩を持つつもりはありません。もし貧しい人たちのなかに大量のユーモアの成分が含まれているとしても、それは彼らが何も持っていないからではなく、多分、たくさんの仲間を持っているからでしょう。彼らのあいだには、まったく確実ともいえる正義と団結があります。また、ほとんど家族的な意味での相互依存の関係が自覚されています。富裕な人びとは共通の利害関係は持っていますが、相互の信頼関係は持っていません。相互に非常に多くの遠慮があります。財産家は財産家を信用しません。地主の大百姓や家作《かさく》の所有者は敵意をもって垣根ごしに隣家のようすをのぞきます。

財産のない人びとは自分たちの領分の片隅から自分自身のなかに敵意の目を向けます。身と身を接し、肘と肘をつつきあい、初対面から「おれ」「おまえ」で呼び合うことができます。開けっぴろげの仲間つき合いがなければ冗談も生まれません。どんな冗談にもある種の相互関係が必要です。

大邸宅の主人はまっ昼間からサッカー・ボールを蹴りに表に飛び出してくるなんてことはありませんが、労働者にはそれができます。所有はチームワークを生みませんし、財産はむしろ人間を孤立化させます。日雇い人夫は六人がかりで一本の溝を掘りますが、自作農が六人がかりで一枚の畑を耕すとか、役人が六人がかりでたった一件の書類を処理するということもありません。たとえ教室の生徒たちであれ、仕事場の男たちであれ、冗談はどうやら集団のなかから生まれてくるもののようです。

ユーモアは社会的生産物であり、個人主義が作れるのはせいぜい皮肉《アイロニー》くらいのものです。

しかし財産だけが問題なのではありません。人間が自分は主人だと思うとしたら、それはなんらかの地位のある重要人物です。それとなく冗談を警戒し、階級的位置づけにたいして体面を失うことを恐れます。さもないと彼の威信はおとしめられ、面目はつぶされ、権威ある地位も軽くあしらわれかねません。それゆえに権力と権威の座に位置づけられた人間は、他のどんな人物にも敬意を示し、足を引っ張られないように気を配るのです。長は長を重んじます。ところがプロレタリアはプロレタリアをとことん痛めつけます。民衆のユーモアの大部分は意地悪な詮索であり、嘲笑、馬鹿あしらい、だまくらかし、気のいいお節介です。

貧しい人びとはお互いに変に尊敬したり、へりくだったりはしません。おまえだっておれと同じ雀じゃないかと、彼らの流儀で言いあいます。もともとユーモアとは人を傷つけもするし、楽しくもするものです。その点、一般大衆は社会的地位の微妙な問題には煩わされません。お互いに「馬鹿野郎」と呼び合ったとしても、それは罵っているのではないのです。なぜなら彼らのあいだには等号「＝」があるからです。

道化は王に悪口を言ってもいいことになっています。なぜなら、道化の権利によって王と同等の地位に置かれているからです。王の大臣たちには許されていません。ユーモアが社会的階段を飛び上がるのはむずかしいのです。

ユーモアの世界は平等の世界です。ここにこそ、ユーモアの大衆性と民主制があるのです。

絞首台のユーモアというものがあります。それは、絞首台の階段を登る人がそのどこかで冗談を言うという意味です。しかし私の知るかぎり、戴冠式のユーモアというのを聞いたことがありません。それは、たぶん、王座への階段をのぼる人が、それをものすごく厳粛に、冗談抜きでおこなうからでしょう。人間は幸福と成功に輝いているときよりも、苦境にあるとき、不

VZTEKLÁ
LHOTA

快な状況にあるときのほうがむしろ冗談を飛ばすということの証明です。

ユーモアは熱情の反対物です。それは望遠鏡を逆さにして見るとものが小さく見えるように、大事件をも小さく見せるためのトリックです。人間が自分の苦しみをジョークにするとしたら、その苦しみの重みを軽くしているのです。もし帝位にある皇帝が自分の権力について冗談を言うとしたら、皇帝の位が外見ほどには栄光に満ちたものでも偉大なものでもないことに気がついたのでしょう。ユーモアは常に多少とも運命に対する防衛であり攻撃でもあります。

ジョークは、歓喜と満足の精神からよりは、より多く不満から生まれます。貧しい人びとが他の人びとよりも多く冗談を言うのは、それによって、とくになにかがよくなるからではなく、むしろ、それによって苦痛を軽くせざるをえないという切羽つまった理由があるからです。めそめそするのは婆さんたちのすること。男なら悪態をつくか、冗談を飛ばすかです。

しかし政治のことを言わないとしたら、言うことは決まっています。少し背を伸ばして、ありとあらゆるものを悪口の種にして見せます。機械のうなりも、みじめな境遇も、奥さんも、子供も。これらのすべての重荷も嘲笑的英雄の姿をした彼をくじけさせることはありません。

「どこへ行くんだ、マリアーンカ?」

「あたしを誘ってよ」

「うん、だけどな、おれは、うちで年をとったのが待ってるんだ。どっちにしろ、今日のうち

の晩飯はキジ料理だけどな。おれのきらいなやつさ」（チェコ語で、バジャント＝キジ→尿瓶《しびん》）

でも、それだけじゃありません。以上述べたことに加えて、それにもかかわらず、そこにはなおも驚くべきことがあるのです。そこにある種の貧困の喜びが見られるということです。私ならある種のナイーヴな若さと言いたいところです。

これらの人びとはほかの人たちよりも、より多く、冗談を楽しみます。彼らの生活は苦しい。しかし、生活に疲れ果ててはいません。世界は老いた、文明も老いたと私たちは言います。私たちは老いた民族も、老いた帝国も、老いた秩序も知っています。しかし、大衆が老いたとは言いません。大衆は決して過去の遺産ではありません。なぜなら、大衆は一日一日を生きているからです。断絶することのない現在に生きているからです。自分独りで放っておかれても、一瞬に打ち込み、ある瞬間の自己の生活を即興的に生きています。

直接性と瞬間性、それはユーモア本来の霊感です。大衆的人間は長い時間の尺度で生きているのではなく、今を、この瞬間を生きているのです。そして今できることを大いに活用しようと努力しているのです。

大衆のユーモアは常に即興です。それゆえに記録することも、保存することもできないのです。それにもかかわらず、大衆のユーモアは文学のなかに常に登場するでしょう。そして当然の権利として永遠に文学のなかに生きるのです。ただしその場合、アリストパネス、ラブレー、あるいはセルバンテスの名を冠してではありますがね——。

（「現代」一九二九年一月十三日）

シャーロック・ホームズ覚え書き、または探偵小説について

探偵小説についてのこの文章を書き上げるためなら、私は一晩じゅう起きていてもかまいません。もちろん、深い思索のためではないのです。実は、あるすごくスリリングな犯罪事件の謎に夢中になっているからです。どきどきしながら、心ここになく、われを忘れて先をあせりながら、読みふけっています。幸いなことに、ここには充実した頭脳がそろっています。たとえば、タバレー小父さん[*1]に鋭いレコック、エベネザー・グライス[*2]にシャーロック・ホームズ、それにガニマール検査官、あるいはビール検査官にマッケンジー検査官、天才的ボートリレー、探偵のヘヴィット[*3]、アスベルン・クラク[*4]、ホーン・フィッシャーとブラウン神父[*5]、クレイグ・ケネディ教授[*6]、ソーンダイク博士[*7]、出しゃばりルールタビーユ[*8]などです。

それというのも、これらの面々の手にかかるとどんなにこんがらがっていようと、すべての事件が結局はきれいさっぱり解決されるのです。彼らの仕事を追跡するためなら、静かな夜を何日でも惜しみはしません。だって、私の夜更かしは報いられるのですから。今や私はすべての探偵術を知っています。そればかりか、あらゆる犯罪、陰謀、技術的手段、変装、仕掛け、それに最も卑劣な犯人しかできないような悪事の数々をも知っています。みなさん方に警告しておきますが、私に悪意を抱かないほうがいいですよ。そんな人を消す方法なら私は何千種類と知っているんですからね、そのなかのどれを取っても、他のよりずっとうまく出来ているんです。

その他に、この研究の特別の資格証明として、私自身がすでに一巻の探偵小説集を書いてみたことを報告しておきましょう。私としてはとくに野心があったわけではないのですが、結局、その一巻は「路傍の聖者像」（Boží muka＝ボジー・ムカ）となって出版されました。残念ながら、そのなかに探偵小説があるなんて誰も知らないのです。どうやら、私の失敗かもしれません。

探偵小説（ここで言うのは「純粋な」探偵小説で、受難的なロマンや文学的野心やその他の交配の影響などと混ぜ合わさった変種では決してなく）は、例えば叙事詩や童話と同じく単純な文学現象です。しかし、まさに単純で、偽りない、うまく機能しているものがものすごく多様化した原因をもっているのだから、私たちはそのいくつかの原因をたどっていかなければならないのです。最も単純な探偵小説を貫いているモティーフを一ダースも数え上げたら、多分、私たちはつまらないことにこだわるペダントに見えるかもしれません。素晴らしい展望なんてものにこだわっていないで、乾燥して、荒れ放題に雑草のしげる地帯を少しさまよってみましょう。さて、どうなることか、回りくどいことは抜きにして、さっそく出掛けることに致しましょう。

犯罪《クリミナル》のモティーフ、これは心理的に最も刺激の強いモティーフです。大衆は恐ろしく犯罪について読みたがります。どうやらそれを必要としているようです。だから、探偵小説や裁判記事を読むのです。その二つを禁じたら、人びとは表の庭先にしゃがむとか、あるいは焚き火を囲むかして、最近の五十年間にこの行政管区内で起こった犯罪について語り合うでしょう。

あのとき粉屋がどんなふうに自分のおかみさんを殺したかを話し合い、靴屋が不意に奥さんを殺し、村長が盗みをすると話すでしょう。だから、犯罪とはそれ自身のなかに何か本質的に引きつけるものを持っていることを認めざるをえません。

それは強い興奮の欲求、神経にたいする刺激の渇望、身の毛もよだつ恐怖の快楽というふうにある人は説明しています。私はそれが完全な真実であるとは思いません。人びとは単にお化けが詩的に興奮させるからという理由からだけでは、お化けについて語りません。むしろ多少それを信じているから語るのです。

人間が犯罪に興味をもつのは単にその文学的作用のゆえだけでなく、極めて普遍的な可能性のゆえです。つまり、なにか個人的に身近で、重要なことのように、犯罪にたいして興味をもつのです。それをやりかねないという恐怖に満ちた予想が彼らを興奮させるのです。一定の可能性の恐ろしい暴露として彼らを縛りつけます。

犯罪を起こすことのできない人は、風邪をひいて鼻がきかない人が薔薇の花の香りに興味をもたないように、犯罪にたいして興味をもたないでしょう。

精神分析医なら、犯罪物語が私たちを強く引きつけるのは、それが隠れた犯罪行為に熱中できる唯一の公然たる可能性だからだと言うでしょう。多分、それを潜在的犯罪傾向の客観化、または、同様の学問的な名称で呼ぶでしょう。

私の意見を申し上げれば、私はこの考えに同意できません。私は、犯罪的読み物は私たちの潜在的犯罪性への傾向のほかにも、私たちの潜在的な、かつ熱烈な正義への傾向をも客観化していると思います。また、私たちのなかに隠れた犯罪のほかにも、隠れた聖フェーマ〔ドイツ中世の秘密裁判〕のことを呼び覚まします。あなたがた探偵小説の読者のみなさん、だから、あなたは犯罪に参加しているのです。でも同時にそれを捜査もしているのです。あなたのなかのカイン*9が目を覚ましますが、同時に「おまえはなんてことをやらかしたのだ？　おまえがやらかしたそのことのために、今度は、おまえが呪われるだろう」と叫んでいるのです。

だからと言って、犯罪読み物から受ける歓びが道徳的に高めるとか、その逆であるとかいうことにはならないと思いますが、それが二重に作用することは確かです。だから、二倍、興奮させるのです。

「過ち《あやま》」と「犯罪」との本質的違いについて、少しばかり触れておくために寄り道をしましょう。探偵小説は過ちとは関係ありません。過ちは心の一定の状態ですが、それにたいして犯罪は物事の一定の悪い進行です。重い過ちというものがありますが、それは重い犯罪ではありません、その反対です。作者が犯罪者の心の問題に熱心にかかわり始めたら、探偵の本能を放棄することになります。だからここではドストエフスキーの名前とは無関係です。

裁判的モティーフ——探偵小説の本来のテーマは、犯罪と人間的正義との間の決闘です。純粋な犯罪小説ではより高い、多少理解しがたい道徳的秩序が犯罪と対決して、その秩序が究極的には善にはねぎらいを、そして悪には罰を下すのです。探偵小説にはより高い秩序はありません。あるのはただ人間の正義のみです。そして最後に正義が勝つとしたら、それは知性の力によるものであり、また、まったく人間的秩序という方法論の力によるものです。

裁判事件についての興味は、世界創造以来のものです。たとえば、ソロモン王[*10]が二人のもの売り女を比べてみた方法〔『列王記上』三、一六―二八〕などは、探偵的手法としては実に見事なものです。それに、同じような探偵的な成果というのなら、私は、インド、アラビア、アフリカのコルドファーン[*11]やその他の物語から引用することができますよ。あらゆる民族には、記憶に値する方法で、まさに知恵の力で犯人であることの証明に成功した賢明な裁判官たちについての物語を伝えているものです。それは本来、いかなる種類の形而上学的法則とも無関係な現世的機知、合理主義と実践的経験といったものの非常に美しく、非常に古い伝統なのです。そして、この批判的機知の鋭さは同様に、童話作品のなかに、魔法使いの魔力、王子たちの遠征といったものが、ちゃんと位置を占めているのです。

このことから、いわゆる「純粋知性[*12]」は根源的に、ずっと古くから、神話や叙事詩と同様に高貴にして、注目すべきものなのです。

でも、まだその他にもお気づきでしょう。犯罪小説は、犯人が罪の報いを受けることを要求します。要するに、犯罪小説が「その報い」から受ける途方もない満足感を放棄するには、犯罪小説はあまりにも感情的な、倫理的な、また非合理的なモティーフにどっぷりと浸され過ぎています。

探偵小説は決して犯人を絞首台とか監獄まで連れていくことはありません。そやつが何年食らおうと、知ったこっちゃありません。探偵小説の興味は事実を解明し、その人物を捕えればそれで十分なのです。

なぜなら、正義の行為における唯一のものは機知的なものと合理的なものだからです。罰は本質的に非合理なものです。罪もまた非合理的なものであり、それゆえに、火の試練とかその他の種類の神聖裁判の多少代役をするために、この問題を陪審員たちが引き受けるのです。しかし、注意も経験も機知も、事件の捜査以上のところまで、古典的な「誰が、何を、どこで、どんな道具で、何故、どんな風に、いつ」以上には、あるいは、本当になにかが起こったのだという知的な満足感以上に深くつきつめて行こうとはしません。

そこで、犯罪的モティーフが犯罪を犯したいという原始的、普遍的、隠された欲求を満たしている一方で、裁判的モティーフは犯人を捕えて正義を明らかに示すという、同様に根源的な、熱烈な欲求を満たしているのです。しかし、両方の関心とも探偵小説においては、受難的事件への関与とは切り離して、（どんなふうに起こったかという）激しい好奇心を知的に潤すというところで止まっています。

謎《ミステリー》のモティーフ――しかし、犯罪とか裁判とかが探偵小説の最も本質的かつ最も深いモティーフではないことを、今、みなさん方に言っておきましょう。

初めに、それ以外の、もっと古いモティーフがあります。謎をかけるスフィンクスです。[*13] 謎を解く知性の奇妙で拷問のような快楽、罠《わな》をかける問題の堅い殻を割りたいという頭脳の要求

KANCELÁŘE
KOUŘITI PŘÍSNĚ
SE ZAKAZUJE!

があります。この恐ろしい知的な衝動の文学的証拠が最古の文化的過去のなかに散らばっているのに出会うでしょう。

オイデプスは彼を飲み込もうと待ち構えている（なぜなら、どんな謎も人間を飲み込むから）スフィンクスに答えます。中国のトゥーランドットの謎[*14]、インドの、マレー、ペルシア、アラブの謎々、その他にも私の知らないもの、子供の語呂あわせの謎、数の謎、判じ物、隠し言葉《アクロスティック》、それに趣味、その他にもまだ詰め将棋《チェス》があります。

思考の進歩にとって特徴的なのは、知性《インテレクト》はまず第一に、絶対的に言葉の解決のために、純粋に言語的問題を提起するということです。なぜなら、思考の発達の初期においては、思考は言葉そのものに、自分の作品と道具に酔っているからです。

思考は、言葉の意味の二重性、同音異語、象徴性で遊びます。逆説的言語状況を作り出し、それらの言葉によってばかげた、ありえない客観状況を見せかけるために、言葉の罠を仕掛けるのです。

しかし、知性は言葉の遊びだけで満足するにはあまりにも活発です。そこで知性は言葉の遊びは哲学に任せておいて、自分は現実に向かって突進し、同様の熱心さで現実のなかの謎の解決に熱中するのです。

私はここで学問について語りたくないので、とりあえず「探偵小説は人工的に仕掛けられた具体的な謎の合理的な解決である」と言っておきましょう。

そして、今度は実践的に判断してみてください。なにはともあれ、最高に本当らしく、最高に本質的に謎なのは何か？　それは、何らかの理由から隠されているものです。そして、最も隠されていそうなものとは何でしょう？

当然、犯罪です。それは当然すぎるくらいに当然です。結局のところ暴力的セックスとか放火とか父殺しとか、その他の私の知らないひどいことなど、探偵小説にとっては重要なことではありません。むしろ、ものすごくもつれた秘密の状況のほうが重要なのです。

この状況を前にしたら、通常の理性では、その大雑把な本当らしさ、判断、経験や前提などを山と抱えていても、呆然と立ち尽くさざるをえない。状況は謎々のなかにあるように逆説的に、ありえないように、不条理に、予想もつかないように作り上げられねばなりません。でも、やがてオイデプスが登場して——彼は探偵だと私は言いたい——いっぺんに、一定のデータの二重性と誤謬性を見破り、そのデータのなかに真の意味を与える。そして、お終いです。探偵とは要するに知的な罠には惑わされずに、人間を苦しめるスフィンクスを退治する者です。

読者に関して言うならば、事件の不可解さに極端なまで興奮させられます。彼は自分の愚かさを自覚しながらも、あちこちで犯人と事件の本質についての自分なりの推理を大胆に行ないます。

ほうら、あの人の推理はやっぱり外れだ。そんなことがあるはずない！

謎の解決が探偵小説の動機《モティーフ》のすべてであるなら、これがまた——皮肉なことに——探偵小説の宿命ともいえる文学的つまづきの石でもあるのです。謎が呼び起こす興奮が強ければ強いほど、それだけ解決がもたらす失望感は恐ろしいものがあります。

なぜなら、結局のところ、それは読者が自分で解決できたかもしれないと気がついて、腹を立てないばかりに単純だからです。しかも、なんとなく騙《だま》されたような、傷つけられたような、魔法を解かれたような気分を覚えます。

名人芸《ヴィーコン》のモティーフ——そうです、私は愚か者です。ほとんど定義もできないでいます。出来たものをもう一度壊すこと以上に急ぐ仕事をもっていないかのようです。探偵小説は謎の解決であると言いました。しかし今度は、「探偵小説とは本来叙事文学であり、その主題は常識を超えた個人の見事な名人芸である」と言います。

犯罪自体がすでに注目すべき名人芸です。しかも叙事文学は、たとえば脊椎の難病とか、修道院の尼さんのコーラスのことよりは、むしろ犯罪のほうに熱心になるはずです。犯罪者はなんとなく主人公のようです。ロマンティックな雰囲気、それに宿無しだし、反抗者で、市長や裁判所や法律の鼻を明かし、ひそかな大衆の同情心を刺激する。ヤーノシーク[*15]とバビンスキー、[*16]ロビン・フッド、リナルド・リナルディーニ、[*17]フラ・ディアボロ、[*18]それにオンドラーシュ・ス・リセー・ホリ、[*19]これらは純血種の叙事的事件です。アルセーヌ・ルパンは山賊の先祖たちの野性的で巨大なギャラリーの洗練された子孫にすぎません。

アルセーヌ・ルパンはロマンティックな人口密集の大都市に住んでいます。でもそれは、ロビン・フッドがロマンチックな木の密生した森のなかに住んでいたのと同じことなのです。ルパンは猛スピードの急行列車を使いますが、リナルディーニが騎士らしく猛スピードで馬を走らせるのと同じです。私たちの荒野の洞窟は、それは国際的なホテルなのです。銀行は商人たちが商品を運んで通るロマンティックな谷間の狭い通路です。私たちの町の通りは、アブルッジ〔イタリア半島の中部の山脈〕やスコットランドの山と同じに恐ろしく、また、危険に満ちています。

犯罪があらゆる人間の行為のなかで冒険的であり叙事的でもあるのは、犯罪が、社会にたいする、組織され非個性的な権力にたいする、個人の、一種の個人的エネルギーの発散のようなものであるからです。そして、人間だれしもが、心の奥底ではすごくアナーキストなのです。

犯罪者（小説のなかの）は不可避的に、高慢かつ極端な個人主義の代表者です。彼の社会にたいする関係は真実、極めて独特のものです。どんな叙事的作品の主人公も独自的であり、孤独です。たとえ自分自身の手足で行動しようと、他の者たちの指導者とか隊長であろうとそうなのです。

つまり、それは奔放でしかも個人主義的孤独の形式の相違にすぎません。だから、人間が真の叙事的主人公になるためには、極めて強烈な個性か、せめて犯罪者でなくてはなりません。とくに何かきわ立って個性的な行為によって自分を正当化しなければならないのです。

犯罪が冒険的で叙事的である第二の理由は、犯罪者が野生の象や虎や熊のように狩り立てられるということです。最も古い人間の衝動は狩りの衝動です。クロマニヨンやアルタミーラの原人は絵や彫刻を発見しましたが、それと同時に、獲物の骨をしゃぶって髄を吸い出しながら、どうやってこの野牛を仕止めたか、マンモスの足跡をどういうふうに付けて行ったかを語っているうちに、きっと叙事詩をも発見したのだと思います。今日では、焚き火のそばで兎の獲物についての叙事詩を歌うとか、洞窟のライオンの大胆な追跡についての多彩な物語を語るということはできなくなりました。もうそんなものはありません。

しかし、シャーロック・ホームズがどのようにしてその殺人犯を見事に捕まえたか、また銀行強盗の群れの足跡をどういうふうに付けて行ったかを、火のそばで読むことはできます。

そこには狩りがあり、罠があり、ほこりや、泥のなかの痕跡の読み取りがあり、原狩猟人の嗅覚による追跡、追っかけっこ、逃走、反撃、獲物の包囲、接近戦、それに穴居時代の狩りの実戦のすべてがあります。

探偵小説は最も古い文学です。探偵小説は要するに、古い石器時代から最もよく保存されてきた先史時代の記念碑です。狩猟の芸術は文字よりも古いのです。

探偵は根源的人間であり、狩人、そして追跡者です。しかし、探偵はまた、叙事的な個人主義者であり、彼の獲物、犯人と全く同じです。通常、警察という集団的機構を軽蔑します。そして独力で事件の核心へ迫るのです。探偵と組織された社会機構としての警察との間には、対決とまではいかないまでも、打ち消しがたい、かなり緊張した反感が存在しています。

彼は常に警察とは違うことをやっています。彼は天才的に孤独です。彼はこの大勢の住む世界のなかで、しばしば変人と思われるくらいに、自分だけの孤独のなかに閉じこもっています。危険は彼のスポーツマン的、英雄的喜びです。彼は、端的に命にかかわる状況のなかに、しばしば登場してきます。なるほど、彼は鋼鉄の神経と、皮紐のような筋肉と、上等の連発ピストルと、おまけに、彼はバンタム級のチャンピオンのように（彼は常にスマートな体つきをしていますからね）ボクシングすることもできるのです。

彼は、すべてを自分でできるようにと、ひたすら心にかけているのです。すべての仕事は単に個人的名人芸です。だから、もし、粗野な組織的優越性をもって犯人を捕えなければならないとしたら、彼はきっと恥じ入ることでしょう。

ここで大概の探偵小説には登場する「案内者のモティーフ」という特殊な動機について、少しばかり触れておかなくてはなりません。そうです、探偵は叙事的に孤独です。しかし、特別の理由から――すでに、ポーのデュパン[*20]のとき以来――仲間、同伴者、多少パッシーヴで献身的人物を従えています。この人物はときには助け、しばしば聞き役としての務めを果たします。彼は自分の探偵的能力のなさで探偵を陽気にさせます。その後、彼は探偵の手柄の年代記作者となり、吟唱詩人となるのです。この現象のすべての原因を説明することは私にはできません。ただ、私にわかるのは、サヘル[*21]の諸王は常に遠征には年代記の筆者を伴っていたこと、本物の叙事的騎士には、まあドン・キホーテのことはともかくとして、例外なく忠実な小姓がついていたということです。それ以外にも、探偵の仕事ぶりを観察し、とりあえず理解できない計画や手続きに不思議がる人物がどうしても必要なのです。

ティル・オイレンシュピーゲル。[*22] 赤道から北極地帯か南極地帯かへ行くまでのあらゆる民族の物語を調べると、いたるところで、非常に共感をそそる敏捷で賢い人物と出会います。彼はあらゆる奸知に長《た》けていますが、しかし、なんとなく自分自身の楽しみのためという感じです。彼の発想はエキセントリックで、逆説的です。なぜなら、それは商売のためにも政治のためにも、有益なことであれ、真面目なことであれ、他のことに奉仕することはないからです。

ここには純粋なアマチュアリズムのようなもの、絶対的悪知恵といったなんとなく芸術のための芸術主義があり、悪事と天才的悪知恵との間の何か、詐欺と実践哲学との間の何かがあります。それは永遠の、全人類的な、オイレンシュピーゲル的モティーフです。最古の、かつ英雄的オイレンシュピーゲルは、それこそ神のごときオディッセウスです。

この美しい主題をここで詳しく触れることはできません。ただここで述べておきたいのは、人間はその最初から英雄的行為と同様に、深い詩的畏敬の念をもって賢さをも蓄積していた。なぜなら、生存の戦いにおいて、奸知も巧妙さも、力や勇敢さに勝るとも劣らぬ価値をもっているからです。

探偵小説は自己目的的で実践的奸知の近代的具身化であり英雄化です。探偵たち（アスベルン・クラク、あるいはベアレ検査官、マッケンジー、グライス老人、その他大勢）は自分の使命をすごく深刻に遂行します。それはまるで国会議員とか裁判所の守衛のようです。その原因は多分、公式に警察任務にあるためでしょう。役所の仕事はユーモアをもって遂行することはできません。むしろある程度の陰欝さが必要です。しかし、永遠のエンシュピーゲルは、自ら自分の知恵の効果を立派に楽しんでいます。

彼はユーモアと演出効果のセンスをもっています。だから少し利己的な芸術家です。演壇上のボスコ、彼にとっては自分の仕事を実行することだけでなく、それ以上にいかにそれを実行するかが重要である芸人です。いかに驚かし、いかに軽妙に、最後のおじきをするかです。それは常に、アマチュア探偵、役人ではない男、犯人捜査のスポーツマンです。

要するに、シャーロック・ホームズとかルールタビーユ、あるいは、その代わりにアルセーヌ・ルパンか、その他のいろんなニュアンスの人物たちです。彼らは専用の展示ギャラリーをもっています。彼の芸術的激情、有無を言わさぬ、悪意の微笑、仕事から受ける喜びと自分の仕事の形式的完璧性から受ける自己陶酔。彼らは観察と判断と、その他の高度に頭脳的曲芸の名人です。彼らにたいして私たちがいだく驚嘆の念は、鉄棒選手にたいしていだく畏敬の念と同じくらいに深く、また心底からのものです。

世界で最も古い探偵小説の一つは、リュコメーデース王の娘のなかからアキレウスを突き止めるオデュッセウスの話です。*23 もしオデュッセウスが職業としての探偵であったら、鍵穴を通してとか、洗濯女たちを尋問してアキレウスの正体を確めたでしょう。しかし、彼は豊かな知性を授かっていましたから、短剣と宝石という有名な、心理学的にすぐれたトリックを用いたのです。常識的な知性であれば結果が良ければ満足です。それにたいして、より高級なオイレンシュピーゲル的知性は手際の見事さによってのみ満足します。

オイレンシュピーゲルは単に謎を解くだけでは不満で、スフィンクスそのものを騙したり、たぶらかせたりしようとします。だから、あなたがたも天才的な探偵の推し量りがたい仮面に惑わされないようにしてください。もしあなたが彼と同じくらいに賢明であるなら、その仮面の下に、犯人やロンドン警視庁や、あるいは私たちの鼻をも明かしてやったという、楽しそうな、満足そうな悪党の表情が発見できるでしょう。

総括的に言うと、伝統的オイレンシュピーゲルは、偉大な犯罪者となるべきか、偉大な探偵になるべきかまだ決心がつきかねている解き放された、自己目的的知性です。

手法の精神 Duch metody ――しかし、ここで、重要な文化的かつ歴史的相違があります。オイレンシュピーゲルは瞬間と気分の子供です。しかるに、探偵は方法論者です。彼の生まれつきの鋭敏さ、狩猟者的な勘、観察力、分析力、経験、いろんな種類の葉巻の灰に関する専門的研究、植物学、東洋の武器、航海術、鉱物学、その他のすべてのものについて、彼の知識の驚くべき普遍性（ごく一般的歴史、宇宙物理学、宗教的解釈学、その他の専門的学問領域は別にして）、これらのすべての精神の美しい贈り物、それを私は特別の記憶についてさらに広げることができます。精神の現在性、論理性と驚くべき正確さ、そのすべては、言わば、理論、秩序、一貫性の厳しい規律に従属させられている。

誓って言いますが、探偵の頭脳よりも整理され原理に忠実な頭脳はありません。たとえ、それがデュパンかホームズであっても、親しい相手と一緒のときは、分析方法について、大学助教授の熱心さで語りたがります（「同伴者のモティーフ」参照）。

また、このような悪漢的追跡者は事実の混沌やその意味の二重性を克服するために、ルールタビーユのように自分の「理性の健全な活躍」を要求します。クリフトン[*24]のような原始的探偵は喧嘩の群れに飛び込んでいく犬のように刑事事件のなかに飛び込んでいきます。たとえば、ガニマールドやクライグ、あるいはグライスといった現場の刑事は忍耐強く、体系的に、空想的推理をすることもなく、学び取った思想の学問的飛躍をもってというよりは、むしろ実務家の実証見聞といったように仕事を進めます。

それでも、近代探偵小説の父エドガー・アラン・ポーは、探偵的手法を抽象的哲学的に、帰納法、分析、文書考証、論理的信憑性といった法則から引き出してきます。

探偵小説の古典的人物シャーロック・ホームズは、自然科学の専門的知識や直接的観察とからなる驚嘆すべき武器庫によってこれらの手段を豊かにすると同時に、こうして自分の頭のなかに完全な徹底性と積極主義的世界観の外面的かつ数学的冷静さを詰め込んだのです。

クレイグ・ケネディ教授とソーンダイク博士はこれに近代的実験室的テストを結びつけました。この実験室的テストで直接観察の手法は完璧となりますが、それでお終いにもなってしまいます。なぜなら、ここではすでに、測定器具や実験室テストが現実を見据え、相互関係を探求するインテリジェントな目にとって代わられているからです。それによって、この過程は決定的に終わるのです。

フランスの探偵たちの場合は、手法は何となく個人プレイといったものに止まっているようです。それは研究の成果というよりは、むしろ気性の成果といったほうが当たっています。この手の探偵はルールタビーユとかボートリエですが、ルコックやタバレー小父さんとなると、もう、ダックスフントやドーベルマンが生まれるみたいにして生まれたのです。つまり、彼らは生まれつきに、そして本能的に追跡者なのです。それ以外のことはできない。単純に、彼らは自分の嗅覚の命ずるままに進んでいきます。彼らの推理力《インテリジェンス》はまさに動物的です。

シャーロック・ホームズは、ほぼ完璧といっていいほど方法論的です。だから彼の外見、彼の薄い唇、筋肉質の腕、鋭い鼻、目、そしてパイプ、これこそまさに専門的探偵の風貌です。しかしガボリオー・タバレーとなると、その外見といい習慣といい金利生活者そのものです。ルールタビーユは、あなた方に無邪気な悪党の丸っこい顔で微笑みかけるでしょう。ルコックはもの思いに耽りながらあめ玉をしゃぶっています。要するに、このような人物がまさかというわけです。

彼らにだって方法論はあります。それはブラッドハウンドや蛇を捕るマングースが自分の方法論を持っているようにです。しかしその方法論とは、本能と直感が生んだ空想の産物なのです。

最後に来るのは、探偵のなかの聖フランティシェク[25]であるブラウン神父の神秘的方法論です。彼の懺悔聴聞僧の経験は人間の悪い道を見つけたり、予見したりするのを助けています。しかし、彼の探偵のセンスはその本質において別物です。それは彼の謙虚さです。お人好しで控え目な神父はまったく単純に目を下に向け、ほこりのなかに細かな目にも止まらぬ事どもを発見するのです。

それらのことは、彼以外の、誇り高く、才気煥発の人物には注意に値するとも思われないものです。だから、ほれ、その放り出された痕跡が秘密の暗号であり、そこから神父は神の助けと激しい慈悲の念に駆られて、さまよえる人間の恐ろしい意図ないしは行為を解読するのです。この手法がケネディ教授の実験室の不思議よりは悪いと私は思いません。

しかし、ここで、私は手法の精神を賞賛せずに、この問題にかかわるわけにはいきません。たとえ他の人が情熱とか、ロマンティックなデーモンとか女性の目の美しさ、あるいは日の出を賛美するとしても、私は明晰さ、一貫性と秩序、比較し、関係づけ、整理し、評価する理性の力、私たちの手をとって事実のカオスのなかを導いてくれる賢明な案内者である手法《メソード》を賞賛します。やれやれ、意見が分れた。

さらに私は、探偵とはある意味において近代人の英雄のタイプであるということを述べておきたい。彼は活動的で、敏捷で、何かを欲すると、その後を力強く、方法論的に追っていきます。さらに、彼は多くのことを知っており、普遍的で、教養が深く、具体的な知識で満たされています。彼は何でもできる人間であり、行動と知識の男です。すべてを知っている、すべてに対処する術を心得ている、なにごとの本質も見抜くことができる。こんな理想像にピッタリだという人なら私たちのなかにもいますよね？

探偵には自分に関わるものはありません。彼には問題はないのです。自分の感情をおもんぱかることもありません。なぜなら、「もの」と「起こったこと」しか見ていないからです。彼は救済されるかどうかを問いません。この瞬間に何をするのが理に適っているかを問題にします。その人間が何者かは考えません。どこにいるかを考えます。

彼の世界には明確な疑問、明確な事実は存在しますが、いかなる影も、幻想も、普遍的法則も仮説もありません。彼はこの宇宙のなかで最も純粋なリアリストです。彼はいっさいの人間関係なしに存在します。もし、彼が恋をしたら、たちまち彼の知性的純粋性は失われてしまうでしょう。

偶然のモティーフ――それにしても、もし、探偵に特別の、奇跡的な方法で幸運（幸せな偶然）が味方しなかったら、どんな理性も、どんな手法も、どんな普遍的知識もなんの役にも立ちません。偶然は探偵を正しい瞬間に、正しい場所に運んでいきます。偶然は彼の行く手に思いもかけぬ発見を送り込んできます。そして、彼が足を滑らせても、私たちだったら鼻の頭をぶっつけるところを、まさに逃走した犯人の足跡の上に倒れるのです。私も探偵と同じくらいには賢いと自分で思うことがしょっちゅうあるのですが、惜しむらくは、私は偶然に恵まれな

いのです。ま、そんなところです。

探偵小説における偶然は――あえて言っておきますが――一種の禁じ手であり、不公正なトリックであり、そんな方法で作者が自分のファンにアンフェアな応援をしているようなものだと言う人がいます。

それはとんでもない間違いです。グロッス[*26]やヘプラー[*27]のように厳格で、ドイツ的に徹底している刑事事件の理論家たちが、審理を進めている裁判官が知り、手の内に入れておかなければならないこと、いかにあらねばならないか、まず最初になすべきこと、そして十四番目にいたるまでになすべきことをすべて数え上げたとしたら、心底から、包み隠さずに、彼（裁判官）は幸運をもつべきであると宣言するでしょう、でなければなんの価値もないと。

見事な手腕を発揮できる人がいます。かと思うと、みじめな、苦しい状況に喘《あえ》いでいる人もいます。それは議論だけで解決できる問題ではありません。結局のところ、成功の秘密は偶然の秘密です。ちょっとでも込み入ったものならどんな問題（例えば、宛て名を書き、切手を貼った手紙を郵便局に持っていく、銀行強盗をする、または絵を壁に掛けるといったことにしても）でも、あることのうまくいくのを脅かす何千という悪意の籠もった、計算外の可能性によって狙われています。そして、ほんの少しの幸運さえ持たなかったら、靴の紐さえ結ぶことができないのです。

ですから、たとえ偶然が計算できない、秘密のものであったとしても、あなたの世界観やあなたの気性、あなたの気分、勇気、活発さ、冒険心といったものが、その偶然に一定の影響を与えているのです。偶然は勇敢なるものに幸運を祈りますが、右記の人間が勇敢であるためには、そのためには、いいですか、一定の実用的哲学、上等の頭脳、新鮮な関心、自信と、その他に少しばかりの楽天的性格が必要です。成功は確かに偶然ですが、しかし偶然は単なる偶然ではありません。偶然は自分で手に入れることができるものです。偶然を自分のほうに向かせることができます。そのことを実践の大家たちに尋ねてごらんなさい。

探偵は幸運を持たなければなりません。幸運にふさわしい天性を備えていなくてはなりません。一定の攻撃性、重苦しさはなし、悲壮な情熱もなし、陽気な生活の肯定、こういったある種の精神の自由さが必要です。この点では、近代的英雄賛美に行き着きます。成功する人間です。

ベルチョオン[*28]の方法――ロマンティックな文学では、人間は美しいか、自己の醜悪さによって嫌悪すべきものであるかのどちらかです。探偵小説にはこのような分類《カテゴリー》はありません。探偵が娘と話をするとしたら、娘がかわいらしい手をしていることではなく、その手がタイプライターを打つ手であることを確めるでしょう。彼はその無邪気な臆病な表情すらも見落としてしまうかわりに、鼻の頭のソバカスとか靴についた泥は見逃しません。

ロマンティックな文学では誰がどんな靴を履いていようとそんなものには決して目を向けません。しかし、ここは全く別の世界です。犯人でさえ鼻の頭に「悪党なり」とは書いてなく、ジンを飲んでいると書いてあります。そんなわけで、行商人かもしれません。カインの印でさえもここでは神の印章ではなく、身分証明の印であり、彼の以前の仕事のある種の痕跡なのです（恐らく、額をすきで傷つけたとか、干草の荷馬車から落ちたとかでしょう）。

現実にしても、ここではベルチョオン化されています。現実についても単純に記録が取られます。探偵が部屋のなかへ入っていくと、そこには二十年の静かな生活の息吹きなどはなく、あるのは壁の引っ掻き傷、暖炉のなかの掻き回された灰だけです。すべてのものは、それが残した痕跡のためにのみ存在するのです。人間でさえもが、自分自身の痕跡の集大成にすぎません。探偵は私の目を見つめながら「ねえ、あんた。あんたは善良で素晴らしい人だ。一目でわかる」なんてこと言いはしません。私を見つめながら言うのは、こういうことですよ。

「あんたはペンで食ってる人間だ。頭を椅子の背にもたせながら考えごとをしている（多分、私の頭の後ろの髪がピンとはねているところから判断したんですな）。それに、猫が好きである。今日、あんたはインジフスカー通り[*29]へ出かけた——あそこの家はもうじき完成するだろうか？——それから、あなたはイギリスへ書いたものを送った（どうしてわかったのか私には全く見当がつきません)」。

探偵にとっては、この地上的世界はすべてを確証する痕跡に覆われた単なる「活動の場」にしかすぎません。そして私は偉大なる探偵を待っています。彼は星々のなかから神の指紋を剝ぎとり、露をたたえた草のなかに神の足跡の寸法を取り、神を逮捕する――そんな探偵をねえ……。

固有性――しかし、違います。絶対にそんなことはありません。ゴールトン[*30]の指紋なんてないのです。まともな探偵なら、何やらのみじめな親指の指紋なんかを頼りに警察の資料室で犯人を捜査するなんてことで、自らを卑しめるようなことはしません(ご参考までに言っておきますと、その紋様には渦巻き型、鍵穴型、波型があります。神様の指紋はきっと無限を意味する「∞」かもしれませんね)。

現実の警察実務は、新しい事件をすでに知られている事件のグループのなかに分類するというふうにして、通常の手続きを進めるということです。従って、悪党のなかに悪党を探すことになり、ブベネッチュ通りの住居の持ち主のなかを探すことにはなりません。あるいは、哲学団体のメンバーのなかよりは、むしろジドフスケー・ペッェ[*31]のなかに泥棒を探すということになります。いずれにしろ、警察は、その信頼にたる経験に基づいて、こういう殺人を犯すのは通常はゴリラだと言うことができるとしたら、「モルグ街の殺人」[*32]を解決できるでしょう。

警察には、すべての事件は古く、すでに使い古され、一定の習慣化された原則に従って進行するという、特殊な、いくらかメランコリックな信仰があります。通常はそれが正しいというのが、また、不思議なことなのです。

それにたいして、探偵小説のなかの事件は犯罪学的にユニークです。それはあらゆる使い古された原理や一般化や、前もって出来上がっている常套手段から切り離されているものです。どんな解決も新しくなければならない。そのどれもが巨匠的に独創的で、新発明で、世界新記録でなければならない。常に新しい事件、何か今までになかったもの、何かこれまであったすべてのものを克服したもの、何か、それに比べると今までのどんな複雑な状況設定もボロ屑になってしまうもの、何か……、何か……、要するに、何か途方もないものを探す必要があるのです。それは探偵小説のもつ内在的呪い、業、苦悩、破滅です。

なぜって、いいですか、探偵小説はこの気違いじみた追っかけっこを必死にやって、もう息も絶え絶えなのですよ。それでも、まだ世界大国の政治、ドイツの皇帝、あるいは世界大戦を絶望的に捕まえようとしています。しかし、それだってもう吸い取られてしまっているのです。だから、法王か火星人か、または世界の終わりでも助けてくれないなら、かつてあった文学について語るということになりかねません。「われわれは、かつてトロイにあった。アーメン」

（フェラームス・ペルガマ）[*33]というわけです。

せいいっぱい新しいものを書いているような顔をして、古いことを書いている私たち探偵小説作家でない作家は大いに感謝いたしましょう。なぜなら、古いものは誰かに盗まれるという心配がありませんからね。古いものは汲めども尽きせぬものです。だって、ほら、私たちだってその古いものに絶えず付け足し、絶えず増殖させているじゃありませんか。

それは、将来、自分の生涯を振り返ってみると、何年も前には、自分が何か新しいものだと思っていたのに、自分もやっぱり古いのだということに気がつくからです。

どんな新しいことでも発見することは可能です。しかし、古い現実のなかに、黄金のエルドラド〔願望〕へ出かけるみたいに、いつでもそこへ出かけられるほど、まだ発見されていなかったもの、思いつきもしなかったものが無数に見つかるものです。

探偵小説がその全盛期を過ぎたというのは本当のように思われます。それは、ある種の一過性の流行だったのです。しかし、どんなかりそめの流行にしても、そのなかに何かすごく古いものを含んでいることは注目に値します。毛皮がいままさに流行中だったとしても、旧石器時代にも流行していたのだということを、どんな最長老の記憶者でも思い出せません。

たとえば、短いスカートが今、流行っているとしても、ソロモン島の原住民たちのあいだでもすでに流行していることは忘れられています。ある意味で、どんなモードも回帰と隔世遺伝なのです。

私たちは、探偵小説のなかに賢明な裁判官、謎々、オイレンシュピーゲル、叙事的狩猟といった太古来のモティーフが戻ってきているのを見ました。しかし、近代的思想の歴史的変換が、まさにドキュメンタルな方法で演じられているのを見たのです。

とくに、実践的合理主義、方法の精神、全方位的科学的教養、単純経験主義、観察の情熱、分析、実験の愛好、哲学的ベルチョオン主義、あらゆる破廉恥な主観性の抑圧です。もし、これらのすべてが、現代の神の牛の初乳やミルクをたっぷり飲まされていなかったら？ いいですか、私なら、善し悪しだと思います。

探偵は私たちの時代の総括的人間タイプです。それは、シッドが騎士的中世の総括的人間タイプだったようにです。彼は完全に、かつ、どん欲に現代に生きています。常にアップ・トゥ・デイトです。科学、技術、新聞、最後の瞬間が彼に提供するすべてを理解しています。彼以上に現代的な人間はありません。やつにとってヘクバはなんだ？[*34] でも、もし誰かが美術館からヘクバの金の三本足の椅子を盗んだら、いいですか、少なくとも、それは事件です。

事実！ 事実！ 事実！ なぜなら、事実の世界が来たのです。決して言葉ではありません。

だから、汝、疑い深き聖トマス[*35]よ。おまえは探偵たちの守護神《パトロン》である。なぜなら、おまえは傷口に指を触れるまでキリストの死を認めなかったからだ。その後で、鋭い金属の道具でつけられた傷であること、また、下のほうから突かれ、それが致命傷であったことを確かめた後で、事実が十分に調査されたと認めたからだ。

結論は自分でつけて下さい。いくつか考えられますが、自分で選んでください。私に関するかぎり、なにごとであれ意見の押し売りは好みません。しかし、あまり芳しくない評判のなかに、ほんのちょっとでも、善根の切れっ端を発見できたのはいいことでした。

（「道」一九二四年）

書評の代わりに、　または大衆文学論

今日は通常の書評が紙面に出るのにふさわしい日ではありません。クリスマス・イヴは審判の日ではないからです。そうですとも、とりわけ「善意の人すべてに憩いあれ」です。もちろん、善意だけでは善い文学は生まれませんけどね。

私はこの一年間ずっと本を読み、それらの本について書いてきました。それでも私は心に思うことのすべてを書くことはできませんでした。しかも、今になって正直のところを言うなら、私にはいちばん大事なことと思われたことさえ、書かずに握りつぶしたことがしばしばあったのです。私が本当に気に入った文学のことも、私には関心の持てない文学のことも、文学に私が求めるものについても、個人的な不快感から文学に望まないものについても、一度も書きませんでした。

だから、今日は本来の批評を書く代わりに、私自身の好みを告白することにいたしましょう。私は他の人びとを批評してきましたので、今度はみなさんが私を批評してもいいのです。私は処方箋みたいなものは書きません。「明日の文学」の予想もしません。明日の文学は明日の人が書くでしょう。だから彼らが何を書くべきかなど、彼らに代わって考える必要などまったくないのです。

まず最初に、多少次元の低い問題提起にたいして謙虚にお答えいたします。私は文学がもっと面白くあるように、それどころか本当に面白くあるように望みます。私たちの誰もが、多少なりともこの要求にたいして違反しています。私たちは綱領的《プログラム》に「集団の文学」というものを考え出し、文学の民主化について語り、大衆的書物の必要性について論じます。でも、その大衆がどこにいるか見回してごらんなさい。大衆は伝記物にどっぷりと浸りきっています。なぜなら、そこには何かが起こり、それが彼らを興奮させるからです。

趣味の堕落を非難して熱弁をふるうのは簡単です。でも、思ってもみてください。今から二十五世紀も前、火のそばでホメロスの吟遊詩人をとり囲んで座っていた人びとと、いま伝記物に取りつかれている人たちとの間に本質的な違いがあるんでしょうかね。彼らはアカイア人やトロイ人が互いに斬り合い、アキレスが死せる親友パトロクロスを引きずって三度も城壁の周囲を回ったこと、あるいはオディッセウスがポリフェームスの目をくり抜いたことなどの様子をうたう歌に耳を傾けていたのです。

ということは、映画はいろんな欠点があるにもかかわらず一つの原始的な長所をもっています。つまり叙事的であるということです。常に何かが起こっています。そこには人生が、その最も肝腎な、最も明瞭な形、すなわち行動という形で現われています。

大衆文学は叙事文学以外には絶対にありえません。ここで私が言っているのはもちろん散文文学のことであり、大衆の永遠の若さに触れながら話を進めたいと思います。大衆は英雄的行為、強くて挫けない性格、純粋な情熱、波乱に満ちた空想的な筋書きに惹かれます。彼らの文学体験は起こっている事件との強い同化と共同行動です。彼らはそれを見物するのではなく、それと一緒に生き、なにか非日常的なことを体験しようとするのです。

これはロマンティシズムではありません。この強烈な体験にたいする渇望は文学を時代や傾向によって捉えようとする一切の試みよりもはるかに原始的な、しかも古くからあったものなのです。実際、文学がふたたび叙事的にならなかったら、文学はだんだんと大衆性を失っていくでしょう。

だからといって、デモクラシーの名において新作ロマン用の冒険的でスリル満点な事件をすぐにデッチ上げられるような処方箋が作家たちのためにあるわけではありません。「大衆に接近する」必要もなければ、大衆向けの粗悪品を製造する必要もないのです。そもそも大衆文学について語ろうとするとき、あたかも「高級な」文学と並んで「大衆の」文学があると考えがちですが、そうではないのです。

むしろ私たちが望むのは、その反対に、高級な文学が大衆的であるように、また古代詩その他がそうであったように、芸術のために、それどころか芸術のためにのみ書かれたものが、あらゆる階層と階級（そうです、今日ではとくに階級です）の人びとの喜びと楽しみであるようになることを望みたいものです。

「大衆の」本、「大衆の」演劇、その他同様のものほどヨーロッパ文化の退廃を如実に示すものはありません。「大衆」はエリートよりも悪いもの、低いものを求めているという前提からいつも出発しています。それにたいして、大衆はより健全ですぐれたものを求めているという前提をもう一度具体的に検討することがあってもいいのではないでしょうか。

つまり、大衆は大きな名誉と全人類的行為、英雄的物語に興奮したいのです。だから、そのために目もくらむ空想を、一言でいえば、人生から思いもかけぬ感動の火花を発しうる偉大な詩的な魔術を求めているという前提です。

そして今度はもっと悪い罪を告白しましょう。私は本を読みながらよく思うのです。小説には人物たちを創造するよりもっと別の使命があるのではないだろうかと。むしろ読者を創造することのほうが大事なのではあるまいかということです。この問題に触れることで、私は、なんというか「克服された」傾向性の問題にあえて足を踏み入れることになりました。だから私は「克服された」という耳ざわりな言葉を使用する危険を自分で引き受けます。

そうです、文学は大衆を作り出さなければなりません。現実そのものにたいして影響力をもつよう努力しなければならない。気の長い教育的影響を信じるくらいなら、新しい現実を一瞬にして生み出す魔術的な、創造的影響力のほうを信じます。わが国に英雄文学が出現したときこそ、生きた、本物の英雄たちが私たちのあいだを駆け回るようになるでしょうし、また、道徳的に内容の充実したロマンはすぐにも道徳的内容の充実した、高貴なる現実に出会うだろうと信じます。

たとえばです、ロビンソン・クルーソーは何千人ものロビンソン・クルーソーを教育はしませんでしたが、普通の子供ならどんな子供のなかにもロビンソン・クルーソーが住んでおり、どんな子供にもロビンソン・クルーソー的一面があることがわかります。

どんな文学も、どんな大規模な構想もそれに相当する事件を、無数にある人生の実例のなかから呼び出すことができます。そこに私は作家の大きな道徳的責任を見るのです。つまり、作家が大衆を堕落させるとか、善人に導くということにではなく、彼が書くところのものの姿や形に似せて、まさしく大衆が生まれいでるという意味において作家には責任があるのです。だから文学が人生に一致するというのは半分の真理でしかありません。同様に人生が文学に一致し、人生のほうが自分のほうから文学に似ようとするのも真実であり、たとえそれがどんなに特殊な場合であろうと言えることです。

もし詩人が、存在の胎内から現実を呼び出すことができるのだということを常に意識していたら、そのときは多分、「傾向性」などという言葉にたじろぐことはなくなるのではないでしょうか。思いやりを込めて人生をのぞき込み、高貴で、純粋で、英雄的な答えを人生から誘い出そうとするでしょう。また男や女のなかの最善のもの、永遠のもの、完璧なもの、自信に満ちたものを呼び出そうとするでしょう。

でも私は彼らのそうした努力が無駄ではないと信じます。なぜなら、彼らが作っているのは単なるたとえ話ではなく、実例を作っているのですからね。偉大な文学は偉大な人生を作り出すという私の信念は間違っているかもしれません。しかし、これまでは十分広範で、持続的な試みがなされなかったのです。詩や芸術のなかにある魔力的な力の限界を試すまえに、私たちはそれらの可能性を放棄していたのです。

私たちはロマンのなかで弱者の破滅、没落、救いなき悲劇をあまりにも好みすぎてはいなかったでしょうか? それは私たちの人生があまりにも絶望的に虚弱だからなのかもしれません。でも、たとえそうだとしても、私たちはその逆のものも捕らえてみようと十分な努力をしたことがあったでしょうか? わが国におけるロマンの異常な貧困さは、私たちが人生に何を求めているかの確信のなさに原因があるように思われます。

究極的には純粋に道徳にたいする確信のなさです。まさにわが国の若い文学はロマンに関しては、ほとんど、まったくと言えるほど不毛です。そのことが私には二重の意味で残念なのです。――ロマン〔チェコでは通常長編小説のこと〕こそ、言うならば大衆文学の基礎となりうる唯一のものです。

私が文学に求めたいのはこれですべてではありません。今年一年間にわたしが読んだ作品をすべて思い出しているところですが、この不満がいちばん強く残っています。おもしろさ、大衆性、道徳主義――これは文学言語の市場では、多分、最悪の言葉かもしれません。でもそれでも私は、これらの言葉は生きている、それどころか非常にエネルギッシュに生きていると思います。それらの言葉は非常に原始的で、非常に古く、まさにそれゆえにこそ克服しがたいのです。

（「NL」一九二〇年十二月二十四日）

ペンによる試合の十二型、　または文字による論争の手引き

この簡潔な手引きは、論争当事者のためというよりは、読者の方々に多少とも論争の型に慣れてもらうためのものです。私がルールではなく「型」によって述べるのは活字による論争には他のあらゆる種類の戦い、試合、小競合い、騎馬戦、フェンシング、喧嘩、もみ合い、トーナメント、その他、すべての男性的力の交換と違って、ルールなんてものがまったくないからです。少なくとも、わが国の論争にはありません。

たとえば、古代ギリシア・ローマ時代には試合の際に競技者同士が罵り合うなどといった習慣はありませんでした。ボクシングでも、げんこつを空中に振り上げて、敵はノックアウトだと宣言する習慣はありません。銃剣を持って突撃するときでも、双方の兵士たちが互いに侮辱し合うという習慣もありません――そのことは銃後の新聞記者たちが兵士たちに代わって気を配っています。

なるほど、そうなると、こういったことはすべて、また、それ以上に、文字による論争の世界における習慣ということになります。ですから、どんな論争技のベテランといえども、これは禁じ手だとか、アンフェアなプレイだとか、野蛮だとか、ペテンだとか、騎士道精神に反するトリックだと認めざるをえないようなものを見つけ出すほうが難しいくらいなものです。

そんなわけで、論争試合のあらゆる型を書き出して名称を与えるなど、とてもできない相談ですし、私が紹介する十二の型にしても、それらはどんな取るに足りないジャーナリスティックな論争においても出てくる、ごくありふれたものなのです。

このほかに、もう一ダース追加したい人があるならどうぞお好きになさるといいでしょう。

1　「見下《くだ》し」〔デースピツェレ〕*1 または第一の型。論争者は知的にも道徳的にも相手より上位にあるものとして振る舞うべしという点にかかっています。それとも同じことですが、相手はまともに取り合うにも値しない、愚か者、阿呆、売文家、空論家、ゼロ、空バケツ、エピゴーネン、ペテン師、無学、ボロ布、雑草、欠陥品、その他、あらゆる面で無価値であるということをあからさまにする必要があります。

この先験的前提はやがて論争者に、この「型」には不可欠な、例のとうとうとした、教訓的、自信に満ちた論調を付与することになります。

誰かと論争すること、誰かを裁定すること、誰かに異論を唱えること、そして同時に一定の威厳を保つこと、これはわが民族の慣習に存しないものです。

2　第二型、または「特殊用語」〔テルミヌス〕。*2 この型は、一定の特殊な論争用語を使用することに基づいています。

もし、仮にあなたが、X氏がある点で間違っているように思われると書いたとしますと、X氏はあなたに「不当な言いがかりだ」と答えます。もし、あなたが、現今の状況は、残念ながら何かが間違っているという意見であるとしたら、あなたの論敵は、そのことを「嘆いている」とか「悲観している」とか書くでしょう。同様に、抗議すると言う代わりに「不平を述べる」、指摘するの代わりに「中傷する」、批判するの代わりに「悪しざまに言う」等々です。

たとえあなたが、たまたま、ラマ（アンデス産の動物）のようにもの静かなおとなしい人物だったとしても、これらの用語によって、あなたは怒りっぽい、常軌を逸した、無責任な何となくピント外れの人物として生き生きと描き出されます。これによって、同時に、あなたの高潔な論敵がどうしてこれほどまでの言葉の暴力をもってあなたを攻撃しなければならないかが説明できます。

なぜなら、単純に、あなたの不当な言いがかりや中傷、悪しざまな発言に対して防戦しなければならないからです。

3　第三の型は「犬の頭《カプト・カニス》（こきおろし）」[3]と言われます。これは言い争いの相手について悪い印象を呼びおこすような言葉のみを用いる一定の能力によっています。もし論争の相手が、思慮深い人なら「慎重居士」と言えるでしょうし、もし才気煥発なら「小賢しい」と言うことができます。もし、その相手に簡明かつ具体的な論証を好む傾向があるとしたら、「平俗な瑣末主義者」と称することができます。もし抽象論への傾向があるなら、「青白きインテリ」だと優越感をもって呼ぶことができる、等々。

早い話が、手練の論争家にとっては、論敵がいかに秀でた個性、確固たる信念、高邁なる精神の持ち主であったとしても、立ち所に、「無知蒙昧」「狭量偏見」「矮小愚劣」な人物に変貌せしめうるような、そんな悪口雑言には事欠かないのです。

4　「欠如」〔ノン・ハベット〕[4]型、または第四型。もし仮に、あなたが学識豊かな思想家であるとしたら、第三型によって、あなたは思索家、教訓的空論家、単なる理論家、またはその他、似たような言葉で決めつけてやっつけることもできますが、「欠如」型を用いて、つまり、惜しむらくは、あなたには「軽妙な機知《ウイット》」「直接訴える感性」「直感的ファンタジー」が欠けていると言ってぎゃふんと言わせることもできます。

でも、たまたま、あなたが直接的で、直感的であったとしたら、あなたには確固たる「原理」「深い信念」「倫理的責任感」さえもが不十分であることを暴露して決めつけられることになるでしょう。あなたが、もし理知的な人であるとしたら、あなたは「役立たず」です。なぜなら、「深い感情に欠けている」からです。あなたが感情的なら、ただの「ボロ布」です。なぜなら、あなたにはより高度な「理性的規範」に欠けているからです。

あなたが何であるか、また、何を備わっているかはどうでもいいことです。あなたが天から授かっていないものを捜すことが肝要であり、その授かっていないものの名においてあなたを「無知蒙昧」「役立たず」のカテゴリーに放り込めばいいのです。

5　五型は「否定〔ネガーレ〕」[*5]型と言います。その要点は、あなたがそうであるもの、またはあなたが備わっているものを端的に否定することにあります。

たとえば、あなたが学識ある思想家であるなら、その事実から目を背けて、「皮相な冗舌家」「空論家」「ディレッタント」ということができます。

あなたがこの十年間（仮に）悪魔のお婆さんかトーマス・アルヴァ・エディソンを信じると頑として主張していたとしても、十一年目に悪魔のお婆さんの存在もエディソンも積極的に信じるに至ったことは一度もないと論争の場で宣言することもできます。

それというのも、学識のない読者はもともとあなたのことなど知りはしないし、学識ある読者はあなたに一杯食わされたことに意地悪な喜びを感じるでしょうから。

6 「肖像〔イマーゴ〕」[*6]型が第六の型です。その要点は、実際の論争の相手の代わりに、この世のものとも思えない案山子《かかし》を捏造して、その後で、このかかしを論争相手としてこてんぱんにやっつけるということにあります。

たとえば、論敵がこれまで思ってもみないこととか、そんな意味で言ったことは一度もないというようなことについて議論するのです。

その結果、実際、馬鹿げており、間違ってもいる、だが彼のものではない何らかのテーゼを根拠に彼は馬鹿者であり、間違っていることが証明されるのです。

7 「喧嘩〔プグナ〕」[*7]型はこれまでの型に類似する型です。

論敵や取り上げた問題に対して偽りの名称を与え、その後でこれらの勝手に選んだ、普遍的言葉でもって議論するのです。

これは主としていわゆる原理の論争において用いられる。論敵は身に覚えのない「イズム」をおっかぶされ、やがてその「イズム」がこれみよがしに痛めつけられるのです。

8　「ユリシーズ〔ウリクセス〕」[8]型が第八型です。その本質は他の領域に展開して、目下論争されているのとは違う問題について話をすることです。それによって、議論は有利に展開し、不利な立場はカモフラージュされ、議論は絶対に終わらない。これはまた「相手の疲れ待ち」作戦とも言われるものです。

9　「証言〔テスティモーニア〕」[9]型。この型は、しばしば何らかの（どんなものでも構わない）権威を有利に引き合いに出すことに特徴があります。

たとえば「すでにパンタグリュエール[10]は言った」とか「トレイチュケ[11]が証明したように」という具合にです。ある程度の読書を積むとどんな意見にもその意見を一挙に打破する何らかの引用句を発見することができるものです。

10　「とっくの昔〔クオウスクエ〕」[12]型。この型は前項に似ているが、ただしいかなる権威も引き合いに出す必要はありません。ただ「それはとっくの昔に解決済みである」とか「すでに、とっくの昔に克服された立場である」とか「どんな子供でも知っている」と言えばいいのです。このように克服された問題に対して、それ以上の論証は必要ないわけです。読者はそれを信じ、論敵は「とっくの昔に解決済みの問題」を弁護することに躍起にならざるをえないわけです。いやはや何とも損な仕事です。

11 「ありえない〔インポッシビーレ〕」[*13]型。この型は論敵は何についても、絶対に正しくてはいけません。もし相手に道理や正当性がほんの少しでも認められたら、その論争はどうやら負けということになります。相手のいかなる文章も論駁できない場合でも、なおも、こう言うこと

ができます。

「X氏は……と言って私に教えを垂れようとの魂胆である」「X氏はかくも陳腐な、とっくに知られている……という真理を、さも自分の『発見』でもあるかのように吹聴している」「X氏は退却のラッパを吹き鳴らし、……という主張の陰に身を潜めている」「こいつは驚いた！　目の見えないめんどりが麦の粒を見つけて、いま、……と叫んでいる」要するに、何かが見つかるか、見つからないかでしょう？

12　「歓呼〔イウピラーレ〕*14」型。これは最も重要な型の一つです。そして、要は、常に勝利者の身振りで論争の場から退場する必要があるということです。
「熟達の論争家は決して負けません。説伏され」「降参する」のはいつも相手です。

この点でも論争は他のどんなスポーツとも区別されます。古代ギリシア・ローマの闘技士は負けたことを正直に認めました。

しかし、たぶん、いかなる論争家も「手を貸したまえ、君はぼくを論破したよ」という言葉では終わりません。この他にもたくさんの型があります。でも、もう、私を解放してください。そんなものは文学史家にわが国の雑誌や新聞の中から拾い集めてもらいましょう。


（「現代」一九二五年五月）

小話の博物学によせて

小話およびウィット一般のいくつかの博物学的性格について論じようと思ってはみたのですが、あらかじめ宣言しておきましょう。

1・私は本物の小話の実例を一つもここにご紹介することはできないということ。それというのも、私はまったくのところ一つも覚えていないからです。

世間には何百という小話を頭の中に納めて持ち歩き、いつでもその小話をありったけ話して聞かせられる人がいるものです。それは暗算の名人といった類のある種の特殊な能力です。私ときたら、十三の七倍がいくつか、今日は何日かとそらで言うのと同じくらい、たった一つの小話すらそらで話すことができないのです。だから、どうか適切な例は自分で思い出して下さい。でも、その後で、私を小話攻めにしないようお願いします。

小話に対する特殊な記憶力をもっている人は、私の知る限りでは、特に、歴史家、外交官、それに行商人などです。

2・私は小話やウィットのいかなる形而上学的定義を試みるつもりもなければ、また、滑稽なるものが何故に滑稽なるやについての深淵なる解明すら試みるつもりもありません。たとえば、私のある友人の主張によれば、何かが滑稽なのはそれがある種のバランスを欠いているからである。たとえば、ふざけている猫がどうしようもなく滑稽なのは、髭を生やしているくせにふざけているからであると言うのです。

でも、この論理に従うと、たとえば、ストラホフ修道院長[*1]は髭もないのに重々しく振る舞うからどうしようもなく滑稽でなくてはならなくなります。つまり、この理屈は必ずしも全面的に正しいとは言いがたい。従って、とりあえず、次のような定義で我慢することにいたしましょう。

滑稽なものとは、人間の器官内の横隔膜に痙攣的運動を引き起こし、呼気が声帯を通過する際「ハハハ」なる音を発生せしむるものである。

どうです、これはなかなかいい定義だと思いませんか。だって、正確だし、肝腎なことはなんにも言っていないからです。

3・同じく、ジークムント・フロイトに追従して、「機知《ウイット》と潜在意識」を追及する気もありません。通常、ズボンやスカートの下に隠されている、例の深層心理の領域にまで掘り下げるという気はありません。あえて、こう申し上げますなら、腰から上の領域にも人間生活における不可解な謎がたくさんあるのです。

たとえば、小話がどこで、どのように発生したかは謎です。これは生物がどこで、どのように発生したかという質問と同じくらい難しい問題です。

かつてこの方、小話をその発生時点で捕まえたという人はまだ誰もいないと思います。どんな小話も「あなたはもうこの新しい小話をお聞きになりましたか？」という言葉で始まります。ある人が誰かから聞くということに、小話の本質そのものがあるのです。ある人にその小話をしたというその人にしても、やはり、別の誰かから聞いた人から聞いたのです。このようにして、限りなく続いていきます。

どんな小話も「たった今、私の作った小話を聞いて下さいよ」という言葉では始まりません。小話は作者をもたず、語り手をもつのみです。考え出されるのではなく、口から口へと伝播していくのです。小話の作者は誰一人知られていませんし、歴史的に特定されてもいません。

もし誰かがある小話の作者は自分だと名乗り出たとしたら、そいつは詐欺師か今様天一坊だと思って間違いありません。あらゆる種類の小話は永劫の昔からこの世に存在していると思われます。なぜなら、その歴史的起源を確めることができないからです。

たぶん、何人かの学者があらゆる人類文明の起源として求めているアトランティス大陸でいつのころにか発生したか、あるいは他の星から持ち込まれたかです。

スウェーデンの科学者アッレニウス[*2]の説によれば隕石が生体の元基を地球にもたらしたのだそうですから、もしかしたら、小話も隕石によって運ばれてきたのかもしれません。

なかには、小話を実際に考え出しているのはポーランドにいるユダヤ教のラビだと、頑として主張する人もいます。私も神秘的ラビを信じています。だから、同様に、最初の生命物質を創造したのはハリッチュ地方[*3]のラビであるとか、人類の文字や言葉や鉤十字のような記号、そしてそれをブロンズで作ったのも、元はと言えばウクライナの地元のラビが奇跡によって作り出したものだと、私が主張したっていいわけです。

むしろ、小話は民謡や格言と同じく、全く作者はなく、純粋に口承のものであると断定することができます。

小話の第二の重要かつかなり不思議な特質は、それが常にまったく新しいものとして登場することです。仮に、民間伝説が古いということにその独自の価値があるとするなら、小話の独自の価値はそれが新しいということにあります。

人びとの中には古い民間伝説とか古いシガレット・ケースまで集める人がいますが、いかなるマニアとはいえ、その歴史的価値を鑑賞するために古い小話を集めるなんて人はいません。誰かが小話を話そうと思うときは、まず最初に「ある教区の牧師さんについての小話をご存じですか？」と質問します。あなたはもちろんご存じない。するとそこで初めて語り手は、あるところに一人の牧師さんがいたんだそうです。ところが、……云々（その先はどうなるのか忘れました）という具合に話しはじめるのです。

さて、この新しさの逆説は、ほとんどすべての小話は（フォード車やラジオに関する小話のように、いくつかの疑わしい場合の外は）実は非常に古いという点にあります。いくつかのものはギリシアの文書のなかに保存されていますし、その他のものの中には未開民族への伝道師の記録のなかにあります。すべての真の小話は非常に古い、それどころか、かつて新しい小話などはなかったとさえ言えます。

比較的新しい歴史においては小話の一定の周期性を跡づけることができます。このような小話は一定期間、口から口へ伝承され、その後、消えていく。そして長い年月を経た後で再びまったく新しいものとして姿を現わすのです。小話は彗星のような楕円軌道を持っているといえます。多分、各々の小話は異なる公転周期を持っているのでしょう。あるものは三年で回帰し、他のものは六十年ないしは百年、もしかしたら一万年に一回接近するものもあるのかもしれません。これはまた、何と素晴らしい研究領域ではありませんか！

私は小話は創造されないと言いましたが、しかし、確かに増殖はします。たとえば、いくつかの下等生物あるいはヤネベンケイソウと同様に、新しい芽をふくことによってではありますが、増殖します。小話は生活の固い幹には成長しません。そうではなく、他の小話の上に繁殖します。それゆえ、小話はしばしば一つの群れないしは群生の形で伝播します。広く拡散した小話のなかにも、ある遠い昔の母体となる小話からは発芽によって分枝した同族のものを確めることができます。それらは変体であり変種であり混血であり雑種であり新種です。恐らく基本形は、狩猟家の小話、エロティックな小話、しゅうとめ、負債者、悪党、愚か者についての小話というように、基本の型は二三ダース以上はないと思います。世界の全歴史がこれらの最古人類の人間タイプに付け加えたのはほんのわずかです。例えば、間抜け教授、今は亡き皇帝陛下、ローカル鉄道、キャンプ、その他といったところです。

事実としては、弁護士、ユダヤ人や教区牧師、教授や万年学生についての小話があります。

しかし、たとえば、砕石工、農夫、煉瓦工、きこり、その他、この種の職人たちに関する小話はありません。それは世間の人びとが牧師よりもきこりを尊敬しているからではなく、むしろ牧師がきこりよりも小話に目がないからだと思います。

これほどたくさんのユダヤ人に関する小話が存在するとしたら、それはきっとユダヤ人が単に人を楽しませる特別の対象であるという理由からだけでなく、むしろユダヤ人が、すでに知られているように、熱烈な小話作者であるという理由によるのでしょう。小話といいウィットといい、知性に訴える面をもっています。だから知性の勝れた階級領域において最も多く発生しますから、純粋に民衆的な詩と見なすことはできません。しかし次の点に注意する必要があります。

1・医者や裁判官に関する小話はたくさんあるにもかかわらず、技術者に関する小話は全くと言っていいほどないということ。それもそのはず、技術者にはまったく伝統がありません。小話を生み出す土壌となるためには一千年を要します。

2・職業の中で靴職人と仕立屋が特別扱いされていること。錠前屋、旋盤工、時計職人その他についての小話がまったく無い点については私にはわかりません。たぶん、大昔には服の仕立てとか靴を縫うといったことは女の仕事だったのでしょう。だから、最初の男の仕立屋や靴職人はかつての狩猟者や兵士などにとってはひどくいかがわしいものに見えたのでしょう。

同様に古代の戦士は魔法使いや呪《まじな》い師をかなり激しい侮蔑をもって見ていたのです。これが多分、牧師や裁判官や医者に関する小話のもともとの起源かもしれません。しかし、これらの理由の他に、ある種の習慣もあるかもしれません。

3・童話の中にだけ登場する童話的、神秘的職業があります。例えば、羊飼、きこり、渡し守、騎士といったものです。いかなる法律家も牧師もラビも馬商人も本当の童話の主人公にはなりません。これらの人物は小話にだけ登場します。童話は正直、力、勇気を賞賛します。小話は狡猾さを称揚します。童話は自然的で田園的です。小話は都会的です。童話は神々と同じくらい古いものです。小話は都市と同じくらいの古さです。

農夫についての小話は単に農夫と都会との関係を述べるだけです。農夫が都会の人間より賢いか愚かかのどちらかです。しかし、小話のなかで農夫は自分も、自分の畑も役割をもっていません。童話は家庭的ですが、小話は社会的です。このことは、小話が著しく男性的性格を持っているのに対し、童話が著しく女性的特徴を備えている点とも符合します。

そんなわけで、小話の題材の範囲は狩り、セックス、裁判、商売や神聖なものの冒瀆、しゅうとめや借金といった男性的関心の領域に偏っています。

たとえば、しゅうとめに関する小話を取り上げてみましょう。この種の小話はまだそれほど昔ではない（いわゆる、近代的な道徳の腐敗、家庭生活の崩壊）時代に花咲いたものです。実際には、しゅうとめは婿《むこ》の側だけでなく嫁《よめ》の側にもあるのですが、小話の中には婿の側のしゅうとめのみが登場します。私はまだ嫁としゅうとめとの対立を描いた小話というものを読んだことも聞いたこともありません。

男の暴虐についての小話がほとんど知られていないのに、家庭生活がまだ厳格に保たれていた時代に悪妻や尻に敷かれた亭主についてのウィットがこれほどたくさん発生したのは、少なからず奇妙なことです。時代を遠く隔てた観客はこの事実を、男は家庭の秩序のなかでいつもしゅうとめや女房の非道の前に立たされた受難者だったのだと判断するでしょう。

この解釈は極めて一方的であるかもしれません。しゅうとめや悪妻に関するウィットは小話を作るのが男であって、女ではないことから起こっています。ウィットは男性的意思表示です。

小話の起源を薄明の古代、正確には、生活共同体が男と女の、ほとんど閉鎖的な集団に分割された、古い種族的秩序の中にあると見ようとする誘惑に駆られます。今日まで原始的種族では男性共有の家や男性集団が見られます。その中には女性が入ると鞭で罰せられます。ここでは男性の秘蹟が執り行なわれ、女性の耳には入れてはならない大事な秘密が語られます。

思うに、ここではいつも政治が話され、しゅうとめや女性たちについてのジョークが交わされたのでしょう。ここではまた英雄詩が吟じられたのです。しかしそれはもはや別の文学です。ですから、うわさ話がどちらかというと女性的秘儀の特有の主題であるように、小話は今日にいたるまで男性固有の問題なのです。

男同士の間ではさかんにジョークを飛ばします。女性たちは、もし自分たちだけになると、ものすごく真面目に話します。男たちは自分たちの秘密の儀式のときでも大声で陽気に話します。女性たちは仲間同士の秘蹟においても、内密の、秘密の問題を囁きあいます。ギリシアの巫女《みこ》たちはお互いに何を話しあったのか知りたいものです。

しゅうとめに関する小話は、社会秩序の、正確には母系社会秩序の最古の記念碑の一つであるという仮説を立てるのは容易です。これは、たぶん、古代の女性の種族支配にたいする男性の抵抗の初期形態の名残りと言えます。多くの原始的種族ではしゅうとめは今日でもタブーです。しゅうとめは恐ろしく神聖化されています。男は自分のしゅうとめに言葉を掛けることはできませんし、彼女の名前を口にしてもいけません。彼女に目を向けてはいけないばかりか、彼女に出会いでもしようものなら、遠くのほうまで道のわきに身を引かなければならないのです。だから、しゅうとめにたいするウィットはこの祭祀的タブーにたいする先史時代の反動であるというのは十分考えられることです。小話の源泉は、私に言わせれば、神聖を冒瀆することから来る快感です。

もし、そうだとしたら他の型のウィット、たとえば、伯父さんまたは伯母さんの死を待ちきれない遺産相続者たちに関するウィットは別の大昔の儀式、具体的には、高齢の近親者を死なせるとか、食うとかの行為を思い起こさせます。

しかし、私たちの小話の大時代的性格は、私たちの大部分の人が蝿か妄想《キメラ》くらいしか追い駆けたことがないというのに、極めて頻繁に日曜狩猟者、日曜漁師についてのウィットが登場することから見てもよくわかります。それは明らかに狩猟が最も古い、しかも純粋に男性の関心事だったからです。だから穴居時代の人間が大笑いしたことに私たちも心から笑えるのです。だって、古代人は仲間がマンモスを射止められなかったとき、腹を抱えて笑ったでしょうからね。私たちのごく身近なウィットも深い謎を秘めた時代のごみ捨て場に生え出しているのです。私たちの小話は骨壷の破片と同じく記念に値すべきものなのです。

ここでちょっと脇道に逸れることをお許しください。一般に女性たちは短い理性を持っていると言われています。つまり一貫性がない、お喋りで、他愛もないというのです。私だったら、もっとひどい罪名を着せます。彼女らにはユーモアが欠けているとね。彼女たちがよく笑い、楽しむのが好きだというのは本当ではありますが、冗談に対する彼女らの態度はアクティーヴというよりはパッシーヴです。それは多分、楽しみを作るにはある程度の攻撃精神を必要とするからでしょう。さらに言えば、自分のメンツを危険にさらす必要があります。しかし女性は神経質なまでにメンツにこだわります。だから詰まるところ、女性の口元にうかぶ嘲笑は、男性的ウィットが何の痛みも与えない場合でも痛みを与えるのです。それはまあいいとして、要するに、小話は男性用の品物です。だからその最高級品は高等数学や思索的神学、その他の高度に知的な関心領域と同じく、まったく男性のみの秘密事項なのです。

疑いなく、ウィットは男性的征服欲の部分品です。娘の心を射止めようとする若者は誘惑芸術の法則に則って機知に富んでいなくてはなりません。彼女を楽しませ、笑わせ、自らの精神によって彼女を魅了しなければなりません。羽や蹴爪《けづめ》がおんどりの雄的美に属するものであるように、ウィットも若者の性的装備に属するのです。

「ああ、あなたって何ておもしろい方なの」

娘は感嘆してため息をついた。すでに半ば征服されて。

その反対に、女性が機知に富んでいたら何だかふしだらな印象を与えますし、そうなったら貞淑な女性の評判を傷つけることになります。それから感じられるのは奔放、冷笑、フリーセックスといったものです。

メフィストはきっと行商人のように溢れんばかりの機知に恵まれていたんでしょう。マルガレーテは貞淑そのものであると同時に真面目でした。でも、ファウストがメフィストから仕入れた小話や冗談をいくつか彼女に話して聞かせると、マルガレーテは畏敬の念に打たれて「あなたってこわい人！」と囁くのです。

しかしながら真の小話の本領は男性社会の中にこそあるのです。それは男性がふしだらであるからではなく、むしろ、簡潔だからです。女性たちはどちらかというと、ふざけたり、遊んだり、楽しい会話が好きです。彼女らの楽しみは、よりゆったりとした、より持続的なものです。小話やウィットは急激で、まさに雷の放電です。あっという間に過ぎ、そして終わりです。女性は楽しむことを望み、男性は発散することを望みます。

話の落ちは会話を打ち切る雷光です。その後、別のところに繋がっている必要があります。そして女性は、ご存知のように、始めることも、終わることも好みません。なぜなら、始まりや終わりを作るためにも、攻撃的で多少暴力的な性格が必要だからです。

ほとんどすべての小話は本質的に言語的です。行動ではなく、言葉によって解決されます。これは何らかのものにたいするある反応が「率直な言葉」で表わされることによって尖鋭化された極小の対話ないしは状況です。この意味で、小話は叙事文学というよりは、むしろ劇文学と言えます。しかも、数瞬間の長さに凝縮されたコメディです。ウィットや小話、言葉遊びといったものは物での遊びではなく、言葉での遊びです。それは言葉の意味や無意味にたいする絶えざる驚きです。それは厳粛で具体的な合目的性からの言葉の解放です。

人間は話しはじめたとき人間になったそうです。しかし話しはじめるやいなや、次の日にはもうウィットを飛ばしました。言葉で遊べるということを驚きをもって発見したのです。動物たちは微笑することはできても、大笑いすることはできないというのは、彼らにはウィットがないからです。だから動物たちは言葉の飛躍によって、結局は何らかの意味で常に深刻であるこの現実から解放されることはないのです。

古い、とくに歴史的小話の大部分のものは驚くべき内容の言葉を記録しています。大昔の人間も意味を逆さまにすることもできる言葉のしたたかさに驚いていたのです。もちろんこの驚きは今日にいたってなおも失われていませんし、それどころか、まだ十分堪能したというところにもいっていないのです。ウィットから受ける原始的快感は生存の戦いにおける言葉の優越性から生まれる喜びでした。

機転と方便、冗舌と雄弁はもともとは勇気と腕力と同じに尊敬の対象だったのです。精神の武器は生存のための物理的戦いが後世にいたって軟弱化したものであるというのは間違いです。機転のオデュッセウスはトロイア戦争の勇将アイアースの同世代人でした。こん棒で自分の回りの穀物のもみを打っていた原始人のそばには、すでにその原始人をひやかしているもう一人の原始人がきっといたに違いありません。

　私たちはいわゆるどぎつい小話に接するとき、ある種の戸惑いを覚えます。すべての小話の半分、つまりすべてのよくできた小話の少なくとも半分は相当に破廉恥です。私たちが心理分析医だったら、抑圧された性本能はセクシャルな小話によってある程度発散されると判断するでしょう。

　残念ながら、これらのどぎつい小話で弾ける本能はそれほど強く抑圧されているとは思われません。それどころか、反対に、この手の放埒にたいし極めて強い興味の持ち主であり、とりわけ健康で経験豊かな既婚の男性ですらも、ドンファニズムとも懐疑主義とも縁遠い存在です。道徳家は、もともと臭いものには蓋という具合に抑えつけているから吹き出してくるだけなのに、彼らは卑猥だといって非難するでしょう。秘密裏に演じられる人間の内輪の問題は、隠し通すには重すぎます。まるで後ろめたい犯罪行為ででもあるかのように、そのことについては口をつぐみます。どぎつい小話で解放されるのは性的本能ではなくて、性的沈黙です。

　女性たちはそのことをひそひそと囁きあいます。でも、大真面目にです。結局、これが彼女らの生来のやりかたなのです。男たちは同じことを、とことん破廉恥におちゃらかします。ほとんどセックスの威厳を貶めないばかりです。私に言わせれば、本来あるべき姿よりも軽くとらえようとしているのです。人生のこの側面をあまり深刻に考えまいとするかのように、何かが彼らのなかで頑張っているのです。

高貴なるトロイ方の勇将ヘクトールが出陣するときアンドロマケーと、ホメーロスが『イーリアス』の第六章で描いているようにして別れたということを私は信じはしますが、それでもなお、さらにいくつかの卑猥な小話で気分を楽にしてから出発し、本来彼にはどうでもいいことに命を賭けたと、私なら考えます。

名声を馳せた男性たちがある決定的な状況のなかで極めて驚くべき発言をしたという小話が伝えられています。私はそれらの小話を殊の外興味深く読みます。ところがだんだんわかってくるのですが、同じ驚嘆すべき発言をヴィクトル・ユゴーも老ピットも、ゲーテ、ヨハン・セバスチャン・バッハ、フリードリッヒ大王、イグナチウス・デ・ロヨラ、カエツィリウス・メテルス[*4]、その他の大勢の男たちがしているのです。歴史的小話は歴史のある種の不変性についてだけでなく、まさに小話が帰属するところの精神的領地の不滅性についての喜ばしい証言を提示しています。

小話やウィットの生い茂げる広野をどこまでも通っていくことはできるでしょうが、きりがありません。ここらでちょっと足を止めて、たとえば、小話がたっぷりと含んでいるという棘について、また、ユーモアとはある程度の残忍さなしにはその大部分が死んでしまうという現象について、検討してみようと思います。

完全な善人はフェヌロン[*5]のように退屈です。誰かが蹴躓《けつまず》いたら、他の人びとには滑稽に見えます。もしそれが、誰の目にもちっともおかしくなかったら、無防備状態の彼を痛めつけようとみんなで襲いかかるでしょう。

ウィットは人間の残忍さを調節して、行動の軌道から言葉の軌道へ移し換えるだけなのかもしれません。ウィットが大きな計り知れない社会的機能をはたしていることは確かですし、有意義な生物学的機能をはたしていることも疑いありません。ウィットは攻撃でもあり防衛でもあります。また、勝利の宣言でもあれば、弱者の武器でもあります。この他にも何千という起源や目的がありますが、そのなかの一つはファンタスティックで、何ものにもとらわれない無目的性です。

私が多様な展望の開けるこの門口のところで足を止めたのは、ある意味で、意図的行為なのです。私は小話の無数に生い茂げる茂みに分け入って比較し、分類し、単純化して理論を編み出そうなどという気はありません。反対に、この領域は私が考えていたよりも複雑で、予想もつかないという認識にいたったのです。たしかにジャングルの中にだって通れそうな小道を見つけることはできるかもしれません。でも、ジャングルはしょせんジャングルだということを発見することだってありうるでしょう。私が言いたいのは、この文学領域には秘密がいっぱいだということだけです。そんなわけですから、私は爪先立ちでこっそりと、ここから退散することにいたします。

（「現代」一九二五年十月）

訳注

略号　NL　ナロードニー・リスティ（国民新聞）
LN　リドヴェー・ノヴィニ（民衆新聞）

新聞讃歌

＊1　ボーリンルイップ／クライアンラーリフ／タインドラム／モーレイグなどは、イギリス、スコットランド地方の地名。チャペックは一九二四年五月から七月にかけてイギリス・ペンクラブの招きでイギリス各地を旅行した。そのときの紀行文を自分自身のスケッチを添えて『イギリス通信』（Anglicke listy）として発表した。

＊2　チェスケー・ブジェヨヴィツェ――プラハの南一二〇キロほどのところにある南チェコの中心都市。

＊3　マクドナルド氏（James Ramsay MacDonald, 1866-1937）――イギリスの政治・経済理論家。チャペックがこのエッセイを書いたころ、たまたまプラハを訪れていた。

＊4　九本の尻尾のある猫――イギリス海軍が海賊時代から継承した水夫や下級水兵にたいする刑罰用具。

＊5　チェスタートン（Gilbert Keith Chesterton, 1874-1936）――イギリスの作家、劇作家、批評家、

ジャーナリスト。チャペックは彼にあこがれ、イギリスを訪問したときに対面したが、チャペックにたいする彼の態度はそれほど温かいものではなかったようだ。『イギリス通信』にチャペックの描いた似顔絵がある。

＊6　ダリミル年代記――一般にはダリミルの作とするのは誤りであることは証明されているが、本当の作者は不明。十四世紀の二〇年代に書かれたとされ（一三一〇年までの記述がある）、『アレクサンダー大王物語』（アレクサンドレイス）とともに古代チェコの代表的文学作品。

＊7　Extra praesentiam non est existentia: ergo bibamus.

＊8　ペトロヴィツキー議員（一八七四―　）チェコの政治家、国家民主党議員。

＊9　ガンマ氏――グスタフ・ヤロシュ（一八六七―一九四八）のペンネーム。政治および文化ジャンルでジャーナリスト活動に従事し、常に道徳的視点を強調した。

＊10　チチェリン（ギエルギイ・ヴァシリエヴィッチ、一八七二―一九三六）――ソヴィエトの外交官。一九一八―一九二九年のあいだ外交問題担当の人民委員を務めた。

＊11　キケロ（BC.106-43）――ローマの共和主義政治家、雄弁家、法律家で、その文体はラテン語の手本と言われている。

＊12　コンフツィウス（Konfucius）――チェコ語で儒教の祖、孔子（紀元前五五一―四七九）のこと。

＊13　ヘルチツキー（一三九〇―一四六〇）の『信仰の網』――チェコのフス派による宗教革命がリパニの戦闘の敗北（一四三四年）で挫折したあと、チェコの民衆に大きな影響を与えた思想家。彼の思想の影響のもとにチェコの宗教的コミュニティ「兄弟団」が結成された。

＊14　ヴェレース――紀元前七三年から七一年までローマのシチリア州の地方長官。キケロによって、暴利をむさぼったとして弾劾され、追放された。

＊15　プラトンの『パイドーン』――紀元前三九九年の春、ソクラテスはアテネの牢獄で刑死したが、その臨終に居合わせたパイドーンがエケクラテスにたずねられ、その様子を語るところからはじまる。パイドーンはソクラテスの愛弟子の一人。
＊16　『山上の垂訓』――新約聖書『マタイ伝』第五―七章参照。
＊17　七年戦争（一七五六―六三）、K・Ch・シュヴェリン将軍率いるプロシャ軍とM・U・ブラウン将軍率いるオーストリア軍とがプラハ東部郊外のシュチェルボホリで激戦を戦わせた。このときプロシャ軍の将軍シュヴェリンは戦死し、ブラウン将軍も重傷を負った。
＊18　カヴェアント・コンスレース　"Caveant Consules"（原文ラテン語）――より古い言い方では"videant consles, ne quid detrimenti res publica capiat"（国家がいかなる危害をも蒙らぬように、執政官たちに見張らせろ）。チャペックは videant を caveant に言い換えた形を用いている。これは古代ローマが国内外の不安に脅かされたとき（紀元前六世紀以後）、元老院が非常事態を発令し、全権を執政官にゆだねた際の宣言文。
＊19　ポドババ――プラハ市北端部の地域。現在は住宅地になっている。
＊20　オブジー山――チェコ北部、ポーランドの国境に連なるクルコノシュ山脈の山麓の小村マレー・スヴァトンヴィツェで村医者の次男として生まれた。
＊21　ロジュミタール――プラハの南南西約五〇キロのところにある機械工業の町。
＊22　ヴィソチャニ――プラハの中心部から東北にあたる郊外の地区。
＊23　カルダショヴァ・ジェジツェ――南チェコの小さな町。
＊24　チェスキー・クルムロフ――その起源を十三世紀にさかのぼる南チェコの古い町。
＊25　ホジツェ――チャペックがギムナジウムの最初の数年間を過ごしたフラデッツ・クラーロヴェ

ーから二〇キロ北西にある町。陶芸の工業学校などがある。

＊26　ルカフスキー議員（一八七四―）――一九二〇年から一九三三年まで国家民主党の議員で、議員クラブの代表をつとめた。

＊27　イーンジフーフ・フラデッツ――十三世紀に出来た南チェコの古い城の町。先のカルダショヴァ・ジェチツェの十キロほど東にある。

＊28　ズノイモ――南モラヴァの政治、経済、文化の中心地。この町も古く、十三世紀に王の町として造られた。ゴシック、バロックなどの歴史的記念碑が多い。

＊29　「ナーロドニー・ポリティカ」――政治的には保守的なプラハの日刊紙（一八八二―一九四五）。

＊30　「レフォルマ」――チェコスロヴァキア商工業中産階級党の機関紙（一九一九―一九三二）。

＊31　ヘロドトス――ギリシアの歴史家（紀元前四八四？―四二五？）その著書には近東、エジプト、黒海沿岸領域、南イタリアなどを旅行した際の見聞をもとにした、諸民族の生活や地理風土に関する多くの記述が含まれており、「歴史の父」と呼ばれている。

＊32　エリオ氏（一八七二―一九五七）。フランスの政治家でジャーナリスト。長年にわたって急進社会党の党首を務め、三代にわたるフランス政府の首相を務める。第二次世界大戦後（第四共和制）には国民議会議長を務める。文学にも造詣が深く、ベートーヴェンについての著書もある。

民衆のユーモアについての二、三の覚書

＊1　ティル・オイレンシュピーゲル――これはドイツ語の名称でチェコでは普通、エンシュピーゲルと呼ばれている。チャペックのこのエッセイその他のなかでもオイレンシュピーゲル、さらには

ウイレンシュピーゲルなどと書かれている。本訳ではリヒアルト・シュトラウスの交響詩『ティル・オイレンシュピーゲルの愉快ないたずら』でも知られているドイツ語式の名称オイレンシュピーゲルに統一した。この人物は十六世紀の前半頃、ドイツにいたとされる伝説的人物である。彼は農民の視点から町民や貴族階級を奇想天外ないたずらでこらしめ、嘘と不正にたいして戦った。この人物を題材にした多くの作品が書かれ、陽気ないたずら者、道化者の代名詞にもなっている。

＊2　シュベイク――チェコの作家ヤロスラフ・ハシェク（Jaroslv Hašek, 1883-1923）の作品『世界大戦中の勇敢なる兵士シュベイクの運命』の主人公。わが国では簡単に『シュベイク』などとして紹介されている。

シャーロック・ホームズ学、または探偵小説について

＊1　タバレー小父さんと鋭いルコック――フランスの作家エミール・ガボリョー（Emil Gaboriau, 1832-1873）の作品で活躍する探偵で、『ルルージュ未亡人殺人事件』ではじめて登場する。はじめはE・A・ポーの影響を受けるが、後には論理的推理と解決の手法を用いた独自の作品を生み出す。

＊2　エベネザー・グライス――イギリスの女流作家アンナ・キャサリン・グリーン（Anna Catherine Green, 1845-1935）の作品の主人公の刑事。『リーヴンワース事件』（一八七八）以後の作品に登場。

＊3　探偵のヒューイット――イギリスの作家、劇作家、芸術批評家、ジャーナリストのアーサー・モリソン（Arther Morrison, 1863-1945）の作品に登場するポピュラーな探偵。

＊4　アスベルン・クラク――ノルウェイの心理的犯罪小説の作家スヴェン・エルヴェスタット

(Sven Elvestad, 1884-1934)の作品の登場人物。作品には『第四の男』『不発のレヴォルヴァー』『冒険家たちの舞踏会』などの作品がある。

＊5　ホーン・フィッシャーとブラウン神父――イギリスの作家G・K・チェスタートン(『新聞讃歌』の＊5参照)の作品の登場人物。一人は紳士的探偵であり、もう一方は素人探偵である。深刻さと喜劇性を逆説的に混合する手法を用いた空想ユーモア小説『ノッティングヒルのナポレオン』や『空飛ぶ酒場』などの作品のほか、探偵小説も書いている。(『ブラウン神父捕物帳』など)。哲学的、社会批判的評論も書いた。なお、チャペックはチェスタートンを非常に尊敬し、イギリス訪問の際にも対面を心待ちにしていたが、チェスタートンのチャペックにたいする態度は意外に冷ややかなものだった。

＊6　クレイグ・ケネディ教授――アメリカの弁護士でジャーナリスト、A・B・リーヴ(Arther Benjamin Reeve)の作品『静かな銃弾』(一九一二)より登場。大衆的人気の最初の「科学的」探偵の一人。彼は警察の援助を重視せず、科学の最新の成果を取り入れて仕事をした。

＊7　ソーンダイク博士――イギリスの医者で作家のR・A・フリーマン(Richard Austin Freeman, 1862-1943)の作品『赤い親指の指紋』(一九〇七)から登場。

＊8　ルールタビーユ――フランスの作家ガストン・ルルー(Gaston Leroux, 1868-1927)の作品に登場。ルルーは秘密・犯罪小説の作者として、先のガボリョー(本章＊1参照)とともにフランスにおける基本的探偵物ジャンルを確立した。作品には『黄色い部屋の秘密』『オペラ座の怪人』などの作品がある。

＊9　カイン――旧約聖書創世記第四章、楽園を追われたあと、アダムとイヴはカインとアベルの二人の子供をもつが、カインは主の恩寵が弟のアベルにあることに嫉妬してアベルを殺す。それを知

った主は、カインに「お前が流した弟の血を飲み込んだ土はもはやお前のために作物を産み出すことはない。お前は地上をさまよい、さすらう者となる」と告げる。それにたいしてカインは「私が地上をさまよい、さすらう者となってしまえば、わたしに出会うものは誰であれ、私を殺すでしょう」と訴える。そこで主はカインが誰にも殺されないように「カインにしるしを付けられた」とある。どんなしるしかは聖書にも記されていない。

＊10 ソロモン王——二人の女が一人の子供をめぐって自分の子供であると言い張ってゆずらなかった。そこで王はその子供を真っ二つに切って、それぞれの女に半分ずつ分け与えるよう判決を下した。一方の女は王の決定に従って子供の半分を要求したのに、もう一方の女は「この子を生かしたまま」相手の女に与えるように懇願した。それを聞いてソロモン王はこの女こそ本当の母親だと認定した。

＊11 コルドファーン語族——アフリカ中部、コンゴからスーダン南部にかけてこの言語を使う原住民。

＊12 「純粋知性」——カントの「純粋理性」のもじりか？

＊13 スフィンクス——ギリシア神話に出てくる獅子の体をし、人間の女の顔をした怪物。岩の上にうずくまり、そこを通る人に謎をかけ、解けなかったら殺すとおびやかす。オイデプスは「朝は四つ足、昼は二本足、夕は三本足で歩くものは何という動物か」という スフィンクスの謎を「それは人間である」と解いてスフィンクスを退治する。

＊14 中国のトゥーランドットの謎——プッチーニ（Giacomo Puccini, 1858-1924）のオペラ『トゥーランドット』で有名だが、プッチーニはこの作品を未完成のまま世を去った。同じくイタリアの作曲家アルファーノによって完成され、初演は一九二六年であった。チャペックがこのエッセイを

書いたのが一九二四年だから、チャペックはこのオペラのことは知らない。原作はイタリアの貴族の劇作家ゴッツィ（Carlo Gozzi, 1720-1806）。

トゥーランドットの三つの謎を、プッチーニのオペラから紹介すると、1「真夜中に飛ぶ幻、人びとこれを呼び求めるが、暁とともに消えうせ、人の心のなかに蘇る。このように夜ごとに生まれ、日ごとに消えてしまうものは何か」（答えは「希望」）。2「炎のように燃えるが炎ではなく、激しくなるかと思えば、もの憂くもなり、生命を失えば冷たくなり、征服を望めば燃え立ち、その色は落日のように赤く、その声も聞くことができる。これは何か」（答えは「血潮」）。3「火を吹く氷、氷を吹き出す火、白くて黒い。おまえが、それから自由になろうとすればますます虜になり、虜になろうとすれば、かえっておまえを王にする。それは何か」（答えは「トゥーランドット姫」）。（この項の注はモスコ・カーナ著、加納泰訳『プッチーニ作品研究』による）。

＊15　ヤーノシーク（Juraj Jánošík, 1688-1713）――はじめ、ハンガリーのラーコーツィー家、次に皇帝軍の兵隊。その後一七一一―一七一三年に自分の軍隊を編成し、スロヴァキア地方の封建的貴族の圧制に反抗した。一七一三年に捕らえられ、処刑された。やがて彼の名は、民衆のあいだで伝説化され、抵抗運動の象徴となった。

＊16　バビンスキー（Václav Babinský, 1769-1879）――暴れ者で、彼の伝説的武勇伝は文学作品のなかにも登場する。たとえばE・E・キッシュ、G・マイリンク（いずれもドイツの作家）の作品である。

＊17　リナルド・リナルディーニ――ドイツの怪盗もの小説の作家ヴルピューズ（Christian August Vulpiuse, 1762-1827）の作品の主人公。作品は当時の大衆向け恐怖小説のひながたとなった。

＊18　フラ・ディアボロ（Fra Diavolo, 1760-1806）――本名ミケーレ・ベッツァ。イタリアの盗賊団

の首領。後に彼が組織した義勇軍を率い、フランス軍の侵攻に抵抗して戦い、名誉を回復する。

＊19 オンドラーシュ・ス・リセー・ホリ（リサー山のオンドラーシュ）――民間伝説上の人物。リサー山はモラヴィア地方北東部、モラフスコスレスケー・ベスキディ山脈で最高の山（一三二三メートル）。

＊20 デュパン（C. Augst Dupine）――E・A・ポー（一八〇九―一八四九）の『モルグ街の殺人』のなかの探偵の協力者。

＊21 サヘル――地中海に面した現在のアルジェリア地方。

＊22 ティル・オイレンシュピーゲル――前出。「民衆のユーモア」の＊1参照。

＊23 オデュッセウスの話――アキレスの母（海のニンフ）は息子がトロイア戦争に参加すると、トロイア城の前で討ち死にするという予言をおそれ、アキレスを娘のようにして育て、リュコメーデース王の娘たちのあいだに隠す。オデュッセウスはアキレスがリュコメーデースの娘の姿で隠れているのを突き止めると、商人に化けて宮廷に入り、娘たちの前に美しい装身具の包みを広げる。アキレウスは装身具には目もくれず、オデュッセウスがわざわざそのなかに紛れ込ませていた武器を真っ先に手にとってしまい、見破られる。

＊24 クリフトン（Leon Clifton）――チェコの作家A・B・シュチャストニー（Adolf Bohmil Šťastný, 1866-1922）の創造した探偵。その後、多くの作家がこの人物像をまねて、娯楽物の探偵小説を書き、「クリフトンカ」（クリフトンもの）という言葉さえ生まれ、この種の探偵小説の代名詞にまでなった。

＊25 聖フランティシェク――日本ではフランチェスコと呼ばれている名前に相当する。チェコではこの名前で二人の修道士が知られている。日本にキリスト教をもたらしたザビエル（一五〇六―一二

二六）とフランチェスコ会を創立したアシジのフランチェスコ（一一八二─一二二六）である。ここでは、たぶん、後者であろう。

＊26　グロッス（Hans Gross, 1847-1915）──オーストリアの犯罪学者。プラハ大学とグラーツの大学の教授。

＊27　ヘプラー──詳細不明。

＊28　ベルチョオン（Alphonso Bertillon, 1853-1914）──もともと人類学を専攻していたが、後に、パリ警察の鑑識課の主任となる。彼が発明した犯人特定の方法は、逮捕された犯人の身体的特徴を十一種の基本形に分類して登録し、常習的犯罪者による犯罪の犯人を特定すると言うものである。また、ポルトレ・パルル（portrait parle）とも言われている。

＊29　インジシュスカー通り──この通りにプラハ中央郵便局がある。

＊30　ゴールトン（Francis Galton, 1822-1911）──イギリスの心理学者で人類学者、また統計学者であり、優生学の創始者。進化論者。性格の遺伝性も研究。イギリス人のウィリアム・ハーシェルがインドのベンガル地方の民政官をしていた時（一八五八年）、恩給支払いの受け取りに指紋を押させて、受給者たちを識別していた。この指紋法を管轄下の監獄にも適用して、その結果を『ネイチャー』誌（一八八〇年十一月二十二日号）に発表した。ゴールトンはハーシェルのこの資料をもとに研究し、指紋の終生不変を強調し、その分類法を創案した。この分類法はその後改良されて現在にいたっている。

＊31　ジドフスケー・ペツェ──以前は、プラハ市の郊外だったが、現在は市内ジシュコフ区マレシツカー通りとイルモヴァー通りのあいだの区域に相当する。その昔、ここにはワイン酒場が散在していて、その辺り一帯を「ユダヤ人のかまど」とか「ユダヤ人の山」と呼んでいた。たぶん、ここ

らの土地の所有者がユダヤ人だったのだろう。その名称はそのまま残り、家や草や低木の茂みが散在する、広々とした、緩やかに波打つ傾斜地が、そのように呼びならわされてきた。かつては素性の疑わしい人間——泥棒や詐欺師たち——がここに寄り集まってきていた。同じく、住所不定の放浪者、そのほかの連中もここで夜を過ごしたりしていた。ジドフスケー・ペッェはそういうことでも有名だった。だからチャペックも、警察が泥棒たちを捜査するときは、しばしばここを訪れ、彼らをそこで見つけ出したり、思いもかけず、鉢合わせすることも稀ではなかったと言うことを言いたかったのだろう（この項の注は、エヴァ・リシャヴァーさんからの伝聞による）。

＊32『モルグ街の殺人』——本エッセイの＊20の「デュパン」を参照。

＊33「われらはかつてトロイアにあった」——原文はラテン語 "Fueramus Pergama"（直訳の原意は、「われわれはトロイア人であった」）。ペルガモンはトロイアのこと。トロイアはギリシアに滅ぼされる前は繁栄を誇っていたことから「昔の栄華、いまはなし」という意味になる。もとは古代ローマの詩人ウェルギリウス（紀元前七〇—一九）の叙事詩『アエネイス』のなかの言葉。

＊34 やつにとってヘクバはなんだ？——ヘクバ（ヘカペー）はトロイアの王プライアム（プリアモス）の妃で、トロイア軍の勇将ヘクトールとパリスの母。シェイクスピアの『ハムレット』の第二幕第二場で、城を訪れた役者の一座の座長にトロイア落城のくだり、夫のプリアモス王の死を目撃した妃ヘクバの狂乱の場面を語らせる。そのあとのハムレットのモノローグのなかでこの言葉は発せられる。「もろもろの想像の力によって、おのれの心を動かして、その顔色を興奮に蒼ざめさせたり……想像のままにさまざまな形を表わす。しかもなんのいわれもないのに。それは何のためだ？　ヘキューバのために？　あの男にとってヘキューバが何だ？　ヘキューバにとってあの男が何だ？……」（三神勲訳より）。

＊35　聖トマス――十二使徒の一人。キリストの復活を信じず、その証拠を求めた。キリストが復活して最初に弟子たちの前に現われたとき、トマスは居合わせなかった。そこでキリストが復活したという他の弟子たちの言葉を疑い、「あの方の手に釘のあとを見、この指を釘跡に入れてみなければ、わたしは決して信じない」と言う（ヨハネ伝第二十章、二十五）。

ペン試合の十二の型、または文字による論争の手引き

＊1　「見下し」型――原文はラテン語、"Despicere"
＊2　「特殊用語」型――同、"Terminus"
＊3　「犬の頭（こきおろし）」型――同、"Caput canis" これはチェコ語の成句「誰かに犬の頭をすげる」の「犬の頭」をラテン語で言ったもの。
＊4　「欠如」型――同、"Non habet"
＊5　「否定」型――同、"Negare"
＊6　「偶像」型――同、"Imago"
＊7　「喧嘩」型――同、"Pugna"
＊8　「ユリシーズ」型――同、"Ulixes" オデュッセウスのラテン語形。
＊9　「証言」型――同、"Testimonia"
＊10　パンタグリュエール――ルネサンス時代のフランスの作家フランソワ・ラブレー（一四九五―一五五三）の『ガルガンチュアとパンタグリュエール』の主人公。
＊11　トライチュケ（Heinrich Gotthard von Treitschke, 1834-1896）――ドイツの歴史家、ジャーナリ

スト。
＊12 「とっくの昔」型――原文ラテン語、“Quousque”
＊13 「ありえない」型――原文はイタリア語か？ “Impossibile”
＊14 「歓呼」型――原文ラテン語、“Iubilare”

小話の博物学によせて

＊1 ストラホフ修道院――プラハ城の南方、マラー・ストラナ（小街区）の西のはずれの丘の上にある。一一四〇年に、時のチェコ王ヴラジスラフ二世によって建立された修道院。その後、チェコの歴史とともに多くの事件を経験して現在にいたっている。現在は歴史文書館として、多くの貴重な文書が保管されている。
＊2 アッレニウス（Svante August Arrhenius, 1859-1927）――生命の胚種は天体間で移動したと言う仮説で、その移動の媒体となったのは隕石ないし光の圧力であるとする。しかし宇宙線と放射線の生命体にたいする作用の発見によってその仮説は否定された。
＊3 ハリッチュ地方――歴史的呼称で、現在のポーランド南東部からウクライナ南東部にかけてのカルパチア山脈に沿った山麓の地域。
＊4 カエキリウス・メルテス（Quintus Caecilius Metellus, -BC.91）――ローマ軍の指揮官。その剛直さでユグルタ戦争（紀元前一一一―一〇五）の司令官に任ぜられるが、紀元前一〇七年にガイウス・マリウスに指揮権をゆずる。
＊5 フェヌロン（Fenelon. Francois de Salignac de la Moth, 1651-1715）――フランス、キャンブレの

司教、思想家。デカルト主義者らを論駁。絶対王権を否定。ルイ一世の不興を買う。著作には『テレマックの冒険』『王の良心への指針』などがある。

訳者あとがき

私の編訳による青土社版「カレル・チャペックのなになに」シリーズも今回の『カレルチャペックの新聞讃歌』で第四冊目を迎える。そして今度は、今までとは少しことなるチャペックを紹介することになるとおもう。なぜなら前回の『カレル・チャペックの童話の作り方』は別としても、最初の二冊『カレル・チャペックのごあいさつ』にしろ『カレル・チャペックの日曜日』にしろ比較的短い、日常的な生活の中から自然に生まれ出たかのような文章が多かったが、今回は少し長めの、論文的ニュアンスをもった文章を選んだからだ。

だからといって、手に取るのをためらったり、しり込みしないでいただきたい。この手のチャペックの文章もまた、絶対に読者を退屈させないように書かれているからである。しかも、これまで気づかなかった新しい発見もちゃんとして見せてくれる。

たとえば、最初の『新聞讃歌』を最後までニヤリともせずに読んだ読者は、きっとウィットとかジョークとかのセンスの欠けた人にちがいない。チャペックは新聞のことは知り尽くしているから、読者の立場から書くと断わっているが、それにしても、新聞のなかで誰も読まない記事として「社説」をあげているなど、思わず吹き出さずにはいられない。なぜなら、私も毎朝、新聞に目を通すとき「社説」の掲載されているページは、社説のタイトルを見ただけで、大急ぎで通り過ぎるからだ。社説を書くというのはたしかに大変な仕事にちがいない。しかもチャペックが指摘するように、誰も読まない記事というのもかなりの程度、正鵠を射ているように思う。苦労して社説を書いた人は、「このやろう」といって、その発言者の首を絞めたくなるにちがいない。それにもかかわらず、新聞のなかに「社説」は絶対必要なのだ。だって、社説がなかったら、朝から夕刊を読んでいるような気分になってしまうだろうからだ。

同じ新聞人のチャペックがこんなことを書いても、それほどややこしい事態にならないのはチャペックの人徳であり、ユーモリスト・チャペックの面目躍如たるところと言っていいだろう。だからといってチャペックがジョークやウィットばかりを放っていたわけではない。

彼も四十八年の人生のなかでは、たくさんの苦しみや悩みを体験してきた。それらのものは書簡のなかにも、作品のなかにも反映している。チャペックはユーモラスなエッセイを書きながら悩んでいたし、その悩みのなかから多くの笑いを読者のあいだに引き起こしていたのである。

チャペックのユーモラスで風刺的な指摘や暗示は、その他の論文のあちこちに見られる。だから、長いエッセイないしは論文であるからといって、けっして敬遠しないでいただきたい。絶対、退屈することはない。

今回、紹介するエッセイ、または論文は、八編のうち七編まで『マルシアスまたは文学の周辺』（チャペック著作集・第十三巻）から選んだもので、いずれもチャペック流のユーモアと機知に満ち満ちている。と同時に、正統的文学と認められていないジャンルにも暖かい目を向けているのがチャペックらしい。

一本だけカレル・チャペック著作集の別の巻（第十八巻・芸術・文化論集II）から選んだが、その理由は、このエッセイのなかにはチャペック文学観の原型のようなものが、やはりユーモアを交えながら述べられているので、本書の他の論文にたいして補完的意味をもつと考えたからである。

なお、原書のタイトルになっている「マルシアス」とはトマス・ブルフィンチ著、大久保博訳『ギリシア・ローマ神話』（角川文庫、昭和四六年第三版、三四五頁）によると、「アテーナーはあるとき笛を発明してそれを吹き鳴らしては天上の神々を喜ばせていました。ところがあのいたずら者のエロースがやってきて、女神が笛を吹いているときの奇妙な顔を見てばか笑いをしたので、アテーナーはその笛を憎々しげに投げすてました。するとそれは地上に落ちて、マルシュアース〔マルシアス〕に拾われました。彼がそれを吹いてみると、人の心を奪うような実に美しい音が出ました。そこでついアポローンにむかって音楽の技くらべをしようなぞと言ってしまいました。アポローンが勝ったのはもちろんです。そして神はマルシュアースの生皮をはいで彼に罰を下したのです」。

――こうしてマルシアスは拒否され、否定された、公式には認められることのない、低級な庶民向きの芸術のシンボルになった。

この巻では、読者の方々と一緒にチャペックの別の面の発見を分かち合いたいと思って、少し長いが、それでいてけっして読者を退屈させないチャペックの論文を紹介することにした。

田才益夫

二〇〇五年二月

カレル・チャペック（Karel Čapek）
チェコの国民的作家（1890-1938）。プラハのカレル大学などに学ぶ。1921年、リドヴェー・ノヴィニ（民衆新聞）社に入社し、ジャーナリストとして活躍する。画家である兄ヨゼフとともに、戯曲や童話などにおいても多くの優れた作品を残した。代表作に『ロボット』『山椒魚戦争』『長い長いお医者さんの話』『ダーシェンカ　小犬の生活』『園芸家12カ月』など。

田才益夫（たさい・ますお）
演出家・翻訳家。1933年生まれ。九州大学卒。訳書にカレル・チャペック『カレル・チャペックのごあいさつ』『カレル・チャペックの童話の作り方』『クラカチット』『ポケットから出てきたミステリー』、イヴァン・クリーマ『カレル・チャペック』『僕の陽気な朝』ほか。

カレル・チャペックの新聞讃歌

2005年４月15日　第１刷印刷
2005年４月25日　第１刷発行

著者——カレル・チャペック
訳者——田才益夫

発行者——清水一人
発行所——青土社
東京都千代田区神田神保町１-29　市瀬ビル　〒101-0051
電話03-3291-9831（編集）　3294-7829（営業）
振替00190-７-192955
本文印刷所——ディグ
表紙印刷所——方英社
製本所——小泉製本

装幀——松田行正
装画・挿絵——ヨゼフ・チャペック

ISBN 4-7917-6173-1　Printed in Japan